· 阅读，与最好的自己相遇 ·

林海音
散文
精选

林海音

著

为青少年读者
量身打造的经典读本

长江出版传媒｜崇文书局

图书在版编目（CIP）数据

林海音散文精选：青少版 / 林海音著． -- 武汉：
崇文书局，2025. 6. -- ISBN 978-7-5403-8226-1

Ⅰ．I267

中国国家版本馆 CIP 数据核字第 2025CF1441 号

责任编辑：曹　程　周士迪
责任校对：陈　燕
责任印制：冯立慧

林海音散文精选：青少版
LIN HAIYIN SANWEN JINGXUAN : QINGSHAOBAN

出版发行：长江出版传媒 崇文书局
地　　址：武汉市雄楚大街 268 号 C 座 11 层
电　　话：(027)87677133　　邮政编码：430070
印　　刷：武汉市首壹印务有限公司
开　　本：640mm×900mm　　1/16
印　　张：15.75
字　　数：200 千
版　　次：2025 年 6 月第 1 版
印　　次：2025 年 6 月第 1 次印刷
定　　价：36.00 元
（如发现印装质量问题，影响阅读，由本社负责调换）

目录

童年印象

我默默地想，慢慢地写。
看见冬阳下的骆驼队走过来，
听见缓慢悦耳的铃声，
童年重临于我的心头。

冬阳·童年·骆驼队

——选自《城南旧事》

骆驼队来了，停在我家的门前。

它们排列成一长串，沉默地站着，等候人们的安排。天气又干又冷。拉骆驼的摘下了他的毡帽，秃瓢儿上冒着热气，是一股白色的烟，融入干冷的大气中。

爸爸在和他讲价钱。双峰的驼背上，每匹都驮着两麻袋煤。我在想，麻袋里面是"南山高末"呢，还是"乌金墨玉"？我常常看见顺城街煤栈的白墙上，写着这样几个大黑字。但是拉骆驼的说，他们从门头沟来，他们和骆驼是一步一步走来的。

另外一个拉骆驼的，在招呼骆驼们吃草料。它们把前脚一屈，屁股一撅，就跪了下来。

爸爸已经和他们讲好价钱了。人在卸煤，骆驼在吃草。

我站在骆驼的面前，看它们吃草料咀嚼的样子：那样丑的脸，那样长的牙，那样安静的态度。它们咀嚼的时候，上牙和下牙交错地磨来磨去，大鼻孔里冒着热气，白沫子沾满在胡须上。我看得呆了，自己的牙齿也动了起来。

老师教给我，要学骆驼，沉得住气的动物。看它从不着急，慢慢地走，慢慢地嚼，总会走到的，总会吃饱的。也许它天生是该慢慢的，偶然躲避车子跑两步，姿势很难看。

骆驼队伍过来时，你会知道，打头儿的那一匹，长脖子底下总系着一个铃铛，走起来"当、当、当"地响。

"为什么要一个铃铛?"我不懂的事就要问一问。

爸爸告诉我，骆驼很怕狼，因为狼会咬它们，所以人类给它们戴上了铃铛，狼听见铃铛的声音，知道那是有人类在保护着，就不敢侵犯了。

我的幼稚心灵中却充满了和大人不同的想法，我对爸爸说：

"不是的，爸爸！它们软软的脚掌走在软软的沙漠上，没有一点点声音。你不是说，它们走上三天三夜都不喝一口水，只是不声不响地咀嚼着从胃里反刍出来的食物吗? 一定是拉骆驼的人们，耐不住那长途寂寞的旅程，所以才给骆驼戴上了铃铛，增加一些行路的情趣。"

爸爸想了想，笑笑说：

"也许，你的想法更美些。"

冬天快过完了，春天就要来了，太阳特别的暖和，暖得让人想把棉袄脱下来。可不是吗? 骆驼也脱掉它的旧驼绒袍子啦！它的毛皮一大块一大块地从身上掉下来，垂在肚皮底下。我真想拿剪刀替它们剪一剪，因为太不整齐了。拉骆驼的人也一样，他们身上那件反穿大羊皮也都脱下来了，搭在骆驼背的小峰上。麻袋空了，"乌金墨玉"都卖了，铃铛在轻松的步伐里响得更清脆。

夏天来了，再不见骆驼的影子，我又问妈：

"夏天它们到哪儿去？"

"谁？"

"骆驼呀！"

妈妈回答不上来了，她说：

"总是问，总是问，你这孩子！"

夏天过去，秋天过去，冬天又来了，骆驼队又来了，但是童年却一去不还。冬阳底下学骆驼咀嚼的傻事，我也不会再做了。

可是，我是多么想念童年住在北京城南的那些景色和人物啊！我对自己说，把它们写下来吧，让实际的童年过去，心灵的童年永存下来。

就这样，我写了一本《城南旧事》。

我默默地想，慢慢地写。看见冬阳下的骆驼队走过来，听见缓慢悦耳的铃声，童年重临于我的心头。

我的童玩

我的"小脚儿娘"

老九霞的鞋盒里，住着我心爱的"小脚儿娘"，正在静静地等着她的游伴：李莲芳的"小脚儿娘"。

夏日午后，院子里的榆树上，唧鸟儿（蝉）拉长了一声声"唧——唧——"的长鸣。虽然声音很响亮，但是因为单调，并不吵人，反而是妈妈带着小弟弟、小妹妹在这有韵律的声音中，安然地睡着午觉。只有我一个人，在兴奋地等着李莲芳的到来——我们要玩小脚儿娘。

一放暑假，我就又做了几个新的小脚儿娘。一根洋火棍、几块小小的碎花布做成的小脚儿娘，不知道为什么给我那么大的快乐。

老九霞的鞋盒，是小脚儿娘的家；鞋盒里的隔间、家具，也都是我用丹凤牌的洋火盒堆隔成的。如果是床，上面就有我自己做的枕和被；如果是桌子，上面也有我剪的一块白布，钩了花边当作桌巾。总之，这个小脚儿娘的家，一切都是照我的理想和兴趣，最要紧的，这是以我艺术的眼光做成的。

最让人兴奋的是，中午吃饭的时候，我准备了一个用厚纸折成的菜盘，放在坐凳我屁股旁边。等爸爸吃完饭放下筷子离开饭桌时，我的菜盘就上了桌。我夹了炒豆芽儿、肉丝炒榨菜、白切肉等等，装满一盒子。当然，宋妈会在旁边瞪着我。不管那些了，牙签也带上几根，好当筷子用。

李莲芳抱着她的鞋盒来了。我们在阴凉的北屋套间里，展开了我们两家的来往。掀开了两个鞋盒，各拿出自己的小脚儿娘来。我用手捏着只有一条裤管脚和露出鞋尖的小脚儿娘，哆哆哆地走向李莲芳的鞋盒去，然后就是开门、让座、喝茶、吃东西、聊天儿。事实上，这一切都是我俩在说话、在喝茶、在吃中午留下来的菜。说的都是大人说的话，趣味无穷。因为在这一时刻，我们变成了家庭主妇，一个家的主妇，可以主动，可以发挥，最重要的是不受制于大人。

从六岁到六十岁

旧时女孩的自制玩具和游戏项目，几乎都是和她们学习女红、练习家事有关联的。所谓寓教育于游戏，正可以这么说。但这不是学校的教育课程，而是在旧时家庭中自然形成的。

我五岁自台湾随父母去北平，童年是在大陆北方成长的，已经是十足北方女孩子气了。我愿意从记忆中找出我童年的游乐，我的玩具和一去不回的生活。

昨天，为了给《汉声》写这篇东西和做些实际的玩具，我跑到沅陵街去买丝线和小珠子，就像童年到北平绒线胡同的瑞玉兴去挑买丝线一样。但是想要在台北买到缠粽子用的丝绒线是不可能的了。我只好买些粗的丝线和穿孔较大的小珠子，因为当年六岁的我和现在六十岁的我，眼力的使用是不一样的啊！

用丝线缠粽子，是旧时北方小姑娘用女红材料做的有季节性的玩具。先用硬纸做一个粽子形，然后用各色丝绒线缠绕下去。配色最使我快乐，我随心所欲地配各种颜色。粽子缠好后，下面做上穗子，也许穿上几颗珠子，全凭自己的安排。缠粽子是在端午节前很多天就开始了，到了端午节早已做好，有的送人，有的自己留着挂吊起来。同时做的还有香包，用小块红布剪成葫芦形、菱形、方形，缝成小包，里面装些香料。串起来加一个小小的粽子，挂在右襟纽襻上，走来走去，美不唧唧的。除了缠粽子以外，也还把丝绒线缠在卫生球（樟脑丸）上。总之，都成了艺术品了。

珠子，也是女孩子喜欢玩的自制玩物，它兼有女性学习做装饰品。我用记忆中的穿珠法，穿了一副指环、耳环、手环，就算是我六岁的作品吧！

抓子儿

北方的天气，四季分明。孩子们的游戏，也略有季节的和室内外的分别。当然大部分动态的在室外，静态的在室内。女孩子以女红兼游戏是在室内多，但也有动作的游戏是在室内举行的，那就是"抓子儿"。

抓子儿的用具有多种，白果、桃核、布袋、玻璃球，都可以。但玩起来，它们的感觉不一样。白果和桃核，其硬度、弹性差不多。布袋里装的是绿豆，不是圆形固体，不能滚动，所以玩法也略有不同。玻璃球又硬、又滑，还可以跳起来，所以可以多一种玩法。

单数（五或七粒）的子儿，一把撒在桌上，桌上铺了一层织得平整的宽围巾，柔软适度。然后拿出一粒，扔上空，手随着就赶快捡上一颗，再扔一次，再捡一颗，把七颗都捡完，再撒一次，这次是同时捡两颗，再捡三颗的，最后捡全部的。这个全套做完是一个单元，做不完就输了。

女性的手比较巧于运用，当然是和幼年的游戏动作很有关系。记得外国杂志说，有的外科医生学女人用两根针织毛线，就是为了练习手指运用的灵巧。

抓子儿，冬日玩得多，因为是在室内桌上。记得冬日在小学读书时，到了下课十分钟，男生抢着跑出教室外面野，女生赶快拿出毛线围巾铺在课桌上，抓起子儿来。

　　为了收集这些玩具给《汉声》，我买来一些白果，试着玩玩。结果是扔上一颗白果，老花眼和略有颤抖的手，不能很准确地同时去捡桌上的和接住空中落下来的了。很悲哀呢！

　　除了挋子儿，在桌上玩的，还有"弹铁蚕豆儿"。顾名思义，蚕豆名铁，是极干极硬的一种。没吃以前，先用它玩一阵吧，一把撒在桌上，在两粒之中用小指立着划过去，然后捏住大拇指和食指，大拇指放出，以其中的一粒弹另外一粒，不许碰到别的。弹好，就可以捡起一粒算胜的，再接着做下去，看看能不能把全有的都弹光算赢了。

跳绳和踢毽子

　　这两项游戏虽是至今存在，不分地方和季节的，但是玩具就有不同。跳绳，当然基本是麻绳，后来有童子军绳和台湾的橡皮筋。我最喜欢的，却是小时候用竹笔管穿的跳绳。放了学到琉璃厂西门一家制笔作坊，去买做笔切下约寸长的剩余竹管，其粗细是我们用来写中楷字的笔。很便宜的买一大包回来，用白线绳一个个穿成一条丈长的绳。这种绳子，无论打在硬土地上、砖地上，都会发出清脆的竹管声，在游戏中也兼听悦耳的声音。

　　跳双绳颇不易，有韵律，快速。但是在跳绳中捡铜子儿，也不简单。把一叠铜子儿放在地上（绳子落地碰不到的地方），每跳一下，低头弯腰下去捡起一个铜子儿，看你赶不赶得上又要跳第二下。又跳，又弯腰，又伸手捡钱，虽不是激烈运动，却是全身都动的运动呢！

踢毽子是自古以来的中国游戏，这玩具羽毛是基础，但是底下的托子却因时代而不同了。在我幼年时，虽然币制已经用铜板为硬币，但是遗留下来的制钱，还有很多用处，做毽子的底托，就是最好的。方孔洞，穿过一根皮带，把羽毛捆起来，就是毽子了。

自己做毽子，也是有趣的事。用色纸剪了当羽毛，秋天的大朵菊花当羽毛，都是毽子。而记忆中有一种为儿童初步学踢毽子的，叫"踢制钱儿"，两枚制钱用红头绳穿起来，刚好是小孩子的手持到脚的长度即可。小孩子提着它，一踢一踢的，制钱打着布鞋帮子，倒也很顺利。

踢毽子到学习花样儿的时候，有一个歌可以念，踢，照歌词动作："一个毽儿，踢两瓣儿。打花鼓，绕花线儿。里踢，外拐。八仙，过海。九十九，一百。"

念完，刚好踢十下，但是踢到第五下以后，就都是"特技"了！

活玩意儿

小姑娘和年幼的男孩，到了春天养蚕，也可以算"玩"的一种吧！到了春天，孩子们来索求去年甩在纸上的蚕卵，眼看着它出了黑点，并且动着，渐渐变白，变大。于是开始找桑叶，洗桑叶，擦干，撕成小块喂蚕吃。要吐丝了，用墨盒盖，包上纸，把几条蚕放上去，让它吐丝，仔细铲除蚕屎。吐够了做成墨盒里泡墨汁用的芯子，用它写毛笔字时，心中也很亲切，因为整个的过程，都是自己做的。

最意想不到的，北平住家的孩子，还有玩"吊死鬼儿"的。吊死鬼儿，是槐树虫的别名，到了夏季，大槐树上的虫子像蚕一样，一根丝，从树上吊下来，一条条的，浅绿色。我们有时拿一个空瓶，一双筷子，就到树下去一条条地夹下来放进瓶里，待夹了满满一瓶，看它们在瓶里蠕动，是很肉麻的，但不知为什么不怕。玩够了怎么处理，现在已经忘了。

雨后院子白墙上，爬着一个浅灰色的小蜗牛，它爬过的地方，因为黏液的经过，而变成一条银亮的白线路了。你要拿下来，谁知轻轻一碰，蜗牛敏感的触角就会缩回到壳里，掉落到地上，不出来了。这时，我们就会拉长了声音唱念着：

"水牛儿——水牛儿，先出犄角后出头。你妈——你爹，给你买烧饼羊肉吃呀！……"

又在春天的市声中，有卖金鱼和蝌蚪的，蝌蚪北平人俗叫"蛤蟆骨朵儿"。花含苞未开时叫"骨朵儿"，此言青蛙尚未长成之意。北平人活吞蝌蚪，认为清火。小孩子也常在卖金鱼的挑子上买些蝌蚪来养，以为可以变成青蛙，其实玻璃瓶中养蝌蚪，是从来没有变成过青蛙的，但是玩活东西，总是很有意思的。

剪纸的日子

一张张四四方方彩色的电光纸，对折，对折，再对折，小小的剪子在上面运转自如地剪起各种花样。剪好了，打开来，心中真是高兴，又是一张创作，图案真美，自己欣赏好一阵子，夹在一本爸爸的厚厚的洋书里。

剪纸，并不是小学里的剪贴课，而是北方小姑娘的艺术生活之一。有时我们几个小女孩各拿了自己的一堆色纸，凑在一起剪，互相欣赏，十分心悦。

等到长大些，如果家中有了喜庆之事，像爷爷的生日，哥哥娶嫂子，到处都要贴寿字、双喜字，我们就抢不及地帮着剪，这时有创意的艺术字，就可以出现了。

好日子

今天是个好日子——爸爸领薪水。

我说它是好日子，因为家里的每个人都有亟待实现的愿望寄予今天。

早晨妈妈去买菜，刚迈出房门又退回来，望着墙上的美女日历问："今天是几号？"

"1号！"我和大哥异口同声地回答——我们对于这个日子有特别的警觉。妈妈听了，若有所悟地点点头走了。

晌午，我和大哥都回来得早些，妈妈好像比我们更早，她已经烧好满桌好菜等待爸爸。

一文不名却能端出满桌好菜，是妈妈的本事。我们在课堂上念过"泥他沽酒拔金钗"的诗句，是形容一位贤淑的妻子从头上取下金钗，给丈夫换酒请客人。可是妈妈的贤淑还不止于此，我知道她的最后一枚金戒指早在去年换钱给爸爸治病了。我是说，她有赊欠的好本事，当然，她并不是那种不会算计常使债台高筑的女人，她今天能有魄力去赊欠一桌美餐，是因为她对于很快就可以还账有信心。想想看，今天是什么日子？

车铃响三声，是爸爸回家的信号。我抢着出去开门，大哥小心地替爸爸把车子推进来，小妹赶紧接过爸爸的大皮包——今天我们对爸爸都特别殷勤！

大黑皮包沉得小妹扛不动，她直嚷："爸爸好阔啊，皮包这么重，里面到底有多少钱？"

我们听了都轻松地笑了。我们知道爸爸不会有满皮包的钱，但是在这个好日子提到钱，总是令人兴奋的。

我知道爸爸的那个黄色牛皮纸的薪水袋，每逢这个日子，他总是一回家便把它从他的中山装的左上口袋里掏出来，交给妈妈。可是今天爸爸却没有，爸爸仿佛没事人似的，照例坐到饭桌旁他的主位上。

吃饭的时候，我几次回头探望挂在墙壁钉子上的那件中山装，左上口袋好像鼓鼓的，又好像不鼓。我希望那个钉子不牢，爸爸的衣服掉下来，那么我就可以赶快跑去拾起来，顺便看看那口袋里的实际情形。现在我们闷闷地吃着饭，简直叫人沉不住气！

我相信沉不住气的一定不止我一个人，可是我们谁都不开口问爸爸关于薪水的事。

爸爸今天胃口真好，当盛第三碗饭的时候，沉不住气的妈妈终于开口了："你看今天的牛舌烧得还不错吧？"

"相当好！"爸爸咂咂嘴，点点头。

妈妈又说："今天的牛舌才十五块钱，不算贵。不过还没给钱呢！"

妈妈说话的技术真了不起！我们的老师教写作文方法时讲过"点题"，妈妈在学校时作文一定很好，她知道怎么"点题"，引起爸爸的注意。果然，爸爸听见妈妈这么说了后，仿佛想起了一件重要的事。他立刻起身，从挂在钉子上的中山装的左上口袋里掏出那个牛皮纸袋来，放在饭桌上妈妈的面前，说："喏，薪水发了。"

我们的目光，立刻从红烧牛舌上转移到那个纸袋上。上面一项一项写得很明白，什么本俸啦，服装费啦，眷属津贴啦，职务加给啦……名堂繁多，加到一起一共376.56元，还是那个老行市！爸爸是荐任六级，官拜科长。

我们的家庭是最民主的。妈妈一面打开薪水袋，一面问大哥："你说要买什么来着？"

大哥一听，兴奋得满脸发光，两只大巴掌搓着："仪器一盒，大概一百五十块，上几何课总跟同学借，人家都不愿意；球鞋也该买了，回力40号的三十六块；还有，还有……"大哥想不起来了，急得直摸脑袋，"嗯，还有，头发该理了，三块五。"

"你呢？"妈妈转向我。

"我？一支自来水笔，爸爸答应过的，考上高中就送给我，派克21的好了，只要九十多块；天冷了学校规定做黑色外套，大概要七十块；还有，学校捐款劳军，起码五块。"我一口气说完了，静候发落。

妈妈听了没说什么，她把薪水袋一倒提溜，376.56元全部倾泻出来。她做一次摊牌式的分配，一份一份数着说："这是还肉店的，这是还张记小店的，这是电灯费、水费，这是报费，这是户税，这是……"

眼看薪水去了一大半，结果她还是数了三张小票给大哥："喏，理发的钱，拿去。"

又抽出一张红票子给我："这是你的学校捐款五块。"

妈妈见我和大哥的眼睛还盯住她手里的一小沓票子，又补了一句："剩下要买的，等下个月再说吧！"

妈妈又转向爸爸，爸爸正专心剔他牙缝里的肉丝，妈妈把手中的票子晃了晃，对爸爸说："我看你的牙，这个月也拔不了吧？"

爸爸连忙说："没关系，尚能坚持！尚能坚持！"

妈妈刚要把钱票收起来，忽然看见桌旁还坐着一个默默静观的小女孩。

"对了，还有你呢，你要买什么？"妈妈问小妹。

小妹不慌不忙地伸出她的一个食指来，说："一毛钱，妈妈，抽彩去！"

妈妈笑了，一个黄铜钱立刻递到小妹的手里——今天只有小妹实现了全部愿望。

我忽然觉得很无聊，把那张红票子叠呀叠的，叠成一只蝴蝶，装进我的制服口袋里。爸爸也站起来了，说："盼着吧，又——有讯儿要调整待遇了！"他把那个"又"字拉得又长又重。

穿上了中山装，爸爸又下了一个结论："想当年北平有四大贱：挤电车、吃咸盐、四等窑子、公务员。哈！"

就这样，我们的好日子又过去一个！

爸爸的花椒糖

提起我爸爸的花椒糖，先得从那次我妈妈的电话说起。

那天妈妈有事临时出一趟门。她出去了不久，就打回一个电话来，是我接的，妈妈说："你是阿葳吗？"

"我是啊！"

"告诉你，我出来才想起来，放在炉子上，有一锅番茄牛肉汤，快煮好了，可是我忘记放盐了。"

"没关系，我来放好了！"

"啊！不行，不行，你哪里知道放多少！"

我不服气："我会的啦，你忘了有一次你烧牛肉，不是叫我放的酱油吗？放多少盐？"

"啊！不可以，不可以，千万不可以，大姊回来没有？"

"只有爸爸在家。"

"宁可叫你爸爸来听电话。"

"妈，你以为爸爸比我更知道该放多少盐吗？"

"别废话!"

我挨了一顿呲,只好把美食家——我的爸爸——从午睡中喊起来。

我爸爸接了电话后很高兴。妈妈派他做点儿事,他总是特别的起劲儿。放下电话,他立刻戴上眼镜,奔向厨房去了。

我在饭桌上写功课,只听见爸爸掀锅盖,盖锅盖,来回好几次,一会儿又咂咂咂地在尝那汤。想必是那放盐的工作,做得十分仔细;放一点儿,尝一尝,才能恰到好处。不过还是我妈妈的本事大;如果只需要一匙的十分之一的话,她在盐罐里舀起一匙来,把盐匙儿一掂,自然就是十分之一的盐撒到锅里了。

这时候我爸爸由厨房里出来了,面孔显得有点严肃,大概是工作神圣的关系。但是过了一会儿,我见他又拿了笔墨纸砚到厨房去,不知做什么;总不能到厨房去写文章,等着牛肉汤煮熟吧?对了,说不定他是要写一张条子贴到锅盖上,说"本汤业已放盐"!因为爸爸常常责备妈妈做事不经过大脑,大概怕妈妈回到家里来又放一次盐。

妈妈在晚饭前回来了。当那碗金红色的最美丽的番茄牛肉汤端上来的时候,我爸爸拍了一下大腿,笑得别提多么抱歉了,他说:

"今天真糟糕……"

"怎么?"大家都吓一跳。

"我把糖当成了盐。放一些尝了尝,不够咸,又放一些尝了尝，还不够咸，后来尝出甜头儿来了，我才知道搞错了。"

"唉——那还怎么喝哪！"妈妈的脸立刻变了色。

"不过你们可以尝尝，味道还不错。我后来又继续放了盐，虽然甜了一点儿，但是番茄原本是酸的，放了糖，再放盐，不就中和了吗？"

我那甲种体格的预备军官大哥哥，面有愠色。别怪他，他是独生子，又是每个星期只回家一次打牙祭的阿兵哥。他说："盐跟糖，您都分不出来？"

妈妈赶快说："你爸爸是近视眼。"

汤倒不算是顶难喝，不过每个人今天喝汤的方法都很特别，喝一口，就咂咂嘴，深深地去品味那酸甜咸的综合味道。我爸爸最后下了结论，他对妈妈说："下次你就不会弄错了。我已经在糖罐盐罐上，各写了标签，贴上去了。"

妈妈从鼻子里不屑地哼了一声："两个罐子，用了足有十年了，我几时给你煮过甜牛肉汤喝来着？"

第二天，妈就把两个罐子上的标签撕掉了。真可惜！我爸爸常说，他的字是郑板桥体，最为难得，怎么好撕掉呢？那岂不太辜负了我爸爸对我妈的一番好意了吗？所以我就说话了：

"妈，何必撕掉？有总比没有强。"

妈说："罐子一高一矮，一盐一糖，我从来没有拿错过；现在上面写了字，害得我每次要看看，反倒乱心，起交错反应，你懂不懂？"

昨天，我妈妈正在厨房，锅里干焙着一些花椒粒。电话铃响了，我接听了，立刻喊妈妈：

"妈，您的电话。"

妈妈从厨房里出来了，问我：

"谁来的电话？"

我不由得笑了笑，说：

"长途。"

妈妈一听是长途，好高兴，打了我的小屁股一下，又问："哪个嘛？"

对了，妈妈的长途电话多得很，潘长途、张长途、王长途、严长途；不，我应当说潘阿姨、张阿姨、王阿姨、严阿姨才对，这回是潘阿姨。

妈妈坐下来听电话，二姊姊过来了，她轻轻地拍拍妈妈的肩头说：

"少说两句吧，你的干焙花椒还在火上，我可不会帮你弄啊！"

二姊姊自从考进女一中（其实只是夜校），就这么老气横秋的，把妈妈也当成了小孩子，怎么可以拍拍打打的！

不过也不能怪二姊，妈妈的长途电话——学一句大哥哥的形容词——真是 terrible！常常话都快说完了，就要说"再见"了，潘阿姨还要加上一句："我好像还有什么话要跟你说……"于是妈妈也就恋恋不舍地握住听筒说："那你就再想想吧！"

所以，二姊姊又第二次来警告妈妈：

"花椒可热得在锅里跳舞啦！"

这时候，我爸爸突然出现，他一语不发地又从书房走向了厨房，当然是去接掌那干焙花椒之职；因为妈妈的自制花椒盐，也是为了爸爸呀！把花椒焙过以后，压碎，加上细盐，装在罐子里，随时取出，可以用来蘸炸花生米或炸胗肝吃。这是爸爸最喜欢的调味品。

妈妈见爸爸去厨房，就更放心地说她的长途了。我和二姊姊做个鬼脸笑笑，二姊姊说：

"妈，放心长途吧，你的理想丈夫替你炒花椒去了！"

妈妈的电话打完了，爸爸的花椒盐也做好了。满满的一玻璃瓶，够吃大半年的，真叫棒！

晚饭桌上，立刻多了一样小菜——炸花生米。爸爸叫我：

"阿葳呀！别忘记撒点儿花椒盐在炸花生米上。"

"知道喽！"

那碟花生米摆在爸爸的面前，因为那是他心爱的小菜。爸爸夹起了第一粒花生米来吃了，他嚼了嚼，咂咂嘴。又夹第二粒放进嘴里，抿抿嘴，却"咦"了一声，等到第三粒放进嘴里，他的筷子就直点着我：

"你在炸花生米里放了什么了？"

"花椒盐嘛！"

"你放了糖。"爸爸肯定地说。

"我没放糖，一定是你放了，爸。"

爸爸愣住了，满桌人都愣住了。

"那矮罐里，不是盐吗？"爸爸问。

"盐？"妈妈说。

"唉！"大姊姊说。

爸爸却只哈哈一笑，笑得那么和气！

二姊姊说："理想丈夫！"

吃完饭，我要做功课了，今天写一篇作文，我想不起写什么。

二姊姊说："那还不容易！我给你出个题目，就写'爸爸的花椒糖'好啦！"

三盏灯

一

　　每天到了黄昏的时候，就可以看见宋妈把家里所有的煤油灯放在一起，开始她的擦灯罩的工作。她所用的工具很简单，只有一块干布，一根筷子，一团旧棉花，还有她嘴里哈出来的许多热气，再加上几口唾沫！

　　宋妈工作的次序是这样：她先把玻璃灯罩取下来——你看，昨天点了一夜晚，灯罩都熏黄熏黑了。再把干布缠在她右手的食指和中指上，伸进灯罩里面粗擦一遍，可是每个灯罩中间都有凸出的部分，像个球一样，她的手指不够弯进球形的地方，这时筷子和旧棉花团就来帮助工作了。干布包着棉花团，用筷子顶着，在灯罩里面擦来擦去的，熏黄发乌的地方，就渐渐有了亮光。可是这样还不行，有的地方好像黏着东西，干布擦不下来，于是宋妈非得用液体来帮助不可了。如果是在灯罩外面，她就不客气地吐上一口唾沫擦，果然发生效力，黏着的东西擦掉了。如果是在灯罩里面呢？她就把灯罩举到她的嘴上，一头儿用嘴堵紧，另一头儿用手捂着，然后，已经挤进灯罩里的嘴，就呼呼地哈出热气来，立刻，灯罩里面充满了水汽，她放开嘴和手，再擦，灯罩里面的脏东西，也很容易地去掉了。

每一个灯罩，她都用这种方法去擦，于是桌上排列了许多大大小小的亮灯罩。灯罩擦完以后，她再擦灯座，里面添上煤油，把烧焦的线捻子剪好。最后，一盏亮晶晶的煤油灯，就送到各房里去了。

晚上，围在方桌前，是我做功课的时候。桌上有一盏明亮的煤油灯，照着我的大字本、小字本、算术本……哎！有做不完的功课。宋妈也坐在桌子旁边，可不是在看我做功课呀！她一个字也不认识！她在缝衣服纽子，或者做鞋底。

我的功课做不出，就怪那盏灯不够亮，去捻高那个灯捻儿，宋妈马上喝住我，把我捻高的又捻低下来。她说："你拉不出屎来，就怪茅坑不好！"她又说，灯捻得太高，就会冒出黑烟，很快就把灯罩熏黑了，她是好不容易把灯罩擦亮的呀！我很生气，就说："你不会上别的屋子做活儿去？有的是灯，干吗在这儿跟我挤！"宋妈说："煤油不要花钱买吗？"我说："又不要花你的钱！"宋妈说："大小姐，就是因为不要花我的钱买，我才在这儿跟你挤呀！"

　　我那时候一点儿也不懂得她的话的好意，只觉得她有时很讨厌，我们又离不开她。她好像是那几盏煤油灯的大队长。所以当我功课做累了，听见街上有卖花生、卖萝卜的过来，就对宋妈说：

　　"大队长，去给我买点儿花生吃吧！"

　　她并不恼怒我，立刻出去给我买，进屋时，鼻子尖都冻红了。

　　我一边吃着花生或者萝卜，一边写毛笔字。宋妈又问我说：

　　"你现在是在写字，还是在画蛇？"她又说："像你这样儿，赶明儿怎么能当女校长？"

　　可是她一边说着，一边就把灯捻儿给我捻高了一些。

　　她一直要守着我做完功课，才肯收拾起活计，把我送上床，把煤油灯捻得最低最低的，只有一点点暗黄色的灯光，照在屋子里。我就在这暗黄的小灯光里睡着了。

二

　　每年农历的七月十五日，是我最盼望的日子。

　　早在半个月以前，我就在惦记着这个日子了。我常常想，要做一盏最别致、最好看的莲花灯，点上蜡烛，照亮了一瓣瓣的莲花儿，然后，我提着我的莲花灯，走到街上去，跟许许多多别人的莲花灯比一比。但是每一次出去一比，我都觉得自己的不够好，别人的又大，花样又特别，灯又亮。也总是想着，明年一定要做一个最好的。

我一手提着莲花灯，一手拉着宋妈的衣襟，因为她还抱着我的小弟弟。我们一条街、一条街地逛下去，全是灯，照亮了满条街。提灯的人，都像我一样，在人群中穿来穿去的。逛灯的人如果发现了好看的灯，就都围过来，啧啧地称赞。提了那盏灯的主人，就会很得意地停下来，让人参观。一盏又大又讲究的灯，总是有支架的，架在地上，主人就可以站在旁边休息了。我这盏小莲花灯可不行，总得手里提着它，提得手都酸了，也没有人欣赏。

虽然每年的七月十五日，我都没有做过什么出色的莲花灯，但是我还是年年高高兴兴地盼望，高高兴兴地提着灯在人群里挤，高高兴兴地度过每一个节日，因为每次宋妈都会对我说："赶明年，咱们再做一个更好的。"

因此，每一年，我都盼望一个更好的明年。

许多个"明年"过去了，我长大了。不再点煤油灯，不再提莲花灯。回想起来，那些日子很甜蜜，但是没有消息的宋妈，却很使我怀念。想起宋妈，就会想起灯，她虽不认识字，却告诉我许多做人做事的道理。

三

去年我到美国旅行，在旧金山停留的时候，无意中我又得到一个灯的故事，它给我一个更新的做人做事的启示。

在交通发达的城市里，十字路口都装着指挥交通的红绿灯。红灯停，绿灯走，这是谁都知道的。但是在行人车辆稀少的马路上，许多人就会马马虎虎，不管红灯绿灯，随便穿过马路，知道总不会有危险。我在旧金山所住的地方，是在一条很僻静的马路上。我每天总要过几次马路，最初是不管红灯绿灯哪个在亮的，因为有时这条街上一个行人也没有，一辆车也没有，还要红绿灯干吗呢？

有一天，一个朋友告诉我他的一段经历。他说，有一天，天已经暗了，街上的行人更少。当他快走到十字路口的时候，红灯亮了，走在他前面的一个路人，停了下来。但是他却心想：现在既然没有车辆经过，走过去又有什么关系呢？所以当绿灯亮了，他们并肩过马路的时候，他就向这位陌生人随便讲笑话说："刚才又没有车子经过，你为什么不走过去呢？"谁知那位陌生人却抬起头来，用手指着红绿灯说："我为了尊重这盏灯。"

这句话给我的印象很深，从此无论在什么时候，什么地方，只要我看见红绿灯，都会想一遍这句话，是含了多么深刻的意义。

文华阁剪发记

文华阁有一个小徒弟，他管给客人打扇子。客人多了，他就拉屋中间那块大布帘子当风扇。他一蹲，把绳子往下一拉，布帘子给东边的一排客人扇一下；他再一蹲，一拉，布帘子又给西边的客人扇一下。夏天的晌午，天气闷热，小徒弟打盹儿了，布帘子一动也不动，老师傅给小徒弟的秃瓢儿上一脑勺子。"叭！"好结实的一响，把客人都招笑了。这是爸爸告诉我的，爸爸一个月要去两次文华阁，他在那里剃头、刮脸、掏耳朵。

现在我站在文华阁门口了。五色珠子串成的门帘，上面有"文华"两个字，我早会念了，我在三年级。今天我们小学的韩主任，把全校女生召集到风雨操场，听他训话。他在台上大声地说：

"古人说，身体发肤受之父母，不可毁伤。各位女同学，你们的头发，也是从父母的身体得来的，最好不要剪，不要剪……"

我不懂韩主任的话，但是我们班上已经有两个女生把辫子剪去了，她们臭美得连人都不爱理了，好像她们是天下第一时髦的人。

现在可好了，韩主任说不许剪，看怎么办！大家都回过头看她们。可是，剪了辫子到底是什么样子呢？如果我也剪了呢？

韩老师正向我们微微笑。她站在风雨操场的窗子外，太阳光照在她蓬松的头发上，韩老师没有剪发，她梳的是面包头，她是韩主任的女儿，教我们跳舞。韩主任一定也不许他的女儿剪发，我喜欢韩老师，所以我也不能剪。

但是我的辫子这样短，这样黄，它垂在我的背后，宋妈说，就像在土地庙买的那条小黄狗的尾巴，所以她很不爱给我梳。早晨起床，我和妹妹打架，为了抢着要宋妈第一个给梳辫子。宋妈说："真想赌气把你们的两条狗尾巴剪了去，我省事，也省得你们姊儿俩睁开眼就打架！"

我站在文华阁的玻璃窗前向里看，布帘子风扇不扇了，小徒弟在给一位客人递热毛巾，他把那热毛巾敷在客人脸上，一按一按的，毛巾上冒着热气，我仔细一看，那客人原来是爸爸！他常常刮了胡子就要这么做的，我知道，热毛巾拿开，就可以看见爸爸的嘴上是又红又亮的，但是我要赶快赶回家去了，不要让爸爸看见我。

他常对我说："放学回家走在路上，眼睛照直地向前看，向前走，别东张西望，别回头，别用手去摸电线杆子，别在卖吃的摊子前面停下来，别……"可是照着爸爸的话做真不容易，街上可看的东西太多了，我要看墙上贴的海报，今天晚上开明戏院是什么戏。我要看跪在道边要饭的乞丐，铁罐里人家给扔了多少钱。我要看卖假人参的，怎么骗那乡下佬。我要看卖落花生的摊子，有没有我爱吃的半空儿。我要看电线杆子，上面贴着那张"天皇皇地皇皇我家有个爱哭郎"的红纸条。

我今天更要看看街上的女人，有几个剪了头发的！

我躲开文华阁，朝前走几步，再停下来站在马路沿上，眼前这个和我一般大的小姑娘，她扎着红辫根，打着刘海儿，并没有剪发。马路边上走过一个老太婆，她的髻儿上扣着一个壳儿，插着银耳挖子，上面有几张薄荷叶，她能不能剪发呢？又过去一个大女学生，她穿着黑裙子，琵琶襟的竹布褂，头上梳的是蓬蓬的横"S"头，她还有多久才剪发？

我看来看去，街上没有走过一个剪发的。

回到家里来，宋妈一迎面就数叨我：

"看你的辫子，早晨梳得紧扎的，这会儿呢，散得快成了哪吒啦！"

宋妈总是这么嫌恶我的辫子，有本事就给我剪了呀！敢不敢？要是真给我剪，我就不怕！不怕同学笑我，不怕出门让人看见，不怕早上梳不上辫子。可是我就是不剪！妈剪我就剪。爸爸叫我剪我就剪。韩老师剪我也剪。宋妈叫我剪，不算！

宋妈要是剪了发，会成什么样儿？真好笑！宋妈的髻儿上插着一根穿着线的针，她不能剪，她要剪了头发，那根针往哪儿插呢？真好笑！

"笑什么？"宋妈纳闷儿地看着我。

"管哪！笑你的破髻儿，笑你要是剪了发成什么样儿！你不会像哪吒，一定是像一只秃尾巴鹌鹑！"

走进房里，妈妈一边喂瘦鸡妹妹吃奶，一边在穿茉莉花。小小白白的茉莉花还没有开，包在一张叶子里，打开来，清香清香的。妈妈把它们一朵朵穿在做好的细铁丝上，她说：

"英子，我一枝，你两枝。"

"为什么？"

"忘了吗？今天谁要结婚？"

"张家的三姨呀！"

"是嘛！带你去见见世面。"

"三姨在女高师念书。"

"是呀！会有好多漂亮的女学生，你不是就喜欢比你大的姊姊们吗？"

我想了想，不由得问，"为什么我要两枝茉莉花？"

"也是给你打扮打扮呀！下午叫宋妈给你梳两个抓髻，插上两排茉莉花，才好看。"妈妈说完看着我的脸，我的头发。她一定在想，怎么把哪吒打扮成何仙姑呢？

可是我想起那些漂亮的大女学生来了，便问妈妈：

"妈，那些女学生剪了头发没有？"

"剪没剪，我怎么知道！"

"张家的三姨呢？她梳什么头？"

"她今天是新式结婚，什么打扮，我可也不知道。可是三姨是时髦的人，是不是？说不定剪了头发呢！"妈妈点点头，好像忽然明白了的样子。

"妈，您说三姨要是剪了发，是什么样子呢？"

妈妈笑了："我可想不出。"她又笑了，"真的，三姨要是剪了发，是什么样子呢？"

"妈，"我忍不住了，"我要是剪了头发什么样子？"我站直了，脸正对妈妈，给她看。我不知道我为什么这么忍不住，说出这样的话。

妈妈"嗯？"了一声，奇怪地看着我。

"妈，"我的心里好像有一堆什么东西在跳，非要我跳出这句话，"妈，我们班上已经有好多人剪了辫子了。"

"有多少？"妈妈问我。

其实，只有两个，但是我却说："有好几个。"

"几个？"妈妈逼着问我。

"嗯——有五六个人都想去剪了。"我说的到底是什么话，太不清楚，但是妈妈没注意，她说：

"你也想剪，是不是？"

我用手拢拢我的头发。我想剪吗？我说不出我是不是想剪，可是我在想着文华阁的小徒弟扇布帘子的样子，我笑了。

妈妈也笑了，她说：

"想剪了，是不是？我说对了。"

"不，"真的，我笑的是那小徒弟呀，可是，妈妈既然说了我剪头发的事，那么，我就说，"是您答应叫我剪，是不是？"

"瞎说，我什么时候答应你的。"

"刚才。"

宋妈进来了，我赶忙又说：

"宋妈，妈妈要让我剪头发。"

"这孩子！"妈妈说话没有我快，我抢了先，妈妈简直就没办法了。

"你爸爸答应了吗？"宋妈总是比我还要厉害。

"那——"我摇着身子，不知该怎么说。

真的，爸爸最没准儿，他有时候说，他去过日本，最开通；他有时候又说，中国老规矩怎么样怎么样的。他赞成不赞成剪头发呢？他觉得我如果剪去辫子是开通呢，还是没规矩了呢？

宋妈看我在发愣，她"哼"地冷笑了一声说："只要打通了你爸爸那一关。"

"可是你也说不愿意给我梳辫子，要剪去我的头发来着。"

"喝！你倒赖上了，你想要时髦，就赖是俺们要你剪的，你多机灵呀！"

我本来并没有想剪辫子，韩主任也不让我们剪，韩老师也还没有剪，可是，这会子我的心气儿全在剪头发上了，我恨不得马上到文华阁去，坐在那高椅子上，"嘎噔"一下子，就把我的辫子剪下来。然后，我穿了新衣服、新鞋子，去看张家三姨结婚，让那么多人都看见我已经剪了辫子啦！

"你说给她剪了好不好？"妈妈竟跟宋妈要起主意来了。

"剪了倒是省事，我在街上也看见几个女学生剪了的。可就是——"宋妈冲着我，"赶明儿谁娶你这秃尾巴鹌鹑呀！"

"讨厌，我才不嫁人！"

"只要打通了你爸爸那一关，我还是这句话。"宋妈又提起爸爸。

"妈，"我腻着妈妈，"你跟爸爸说。"

"我不敢。"妈妈笑了。

"宋妈，你呢？"我简直要求她们了，我要剪头发的心气儿是这么高，简直恨不能一时剪掉了。

"你妈都不敢，我敢？谁敢跟你们家的阎王爷说话。"

"我自己去！"我发了狠，我就是我们家的阎王爷！

妈妈拗不过我，终于答应了，妈妈说，就趁着爸爸不在家去剪吧，剪了再说。

爸爸这时早已离开文华阁去上班了，我知道的。妈妈带着我，宋妈抱着瘦鸡妹妹，领着弟弟，我们一大堆人，来到了文华阁。

文华阁的大师傅看见来了一群女人和小孩，以为是给弟弟剃头，他说：

"小少爷，你爸爸刚刮了脸上衙门啦！来，坐这个高凳儿上剃。"

"不是，是这个，我的大女儿要剪发。"

"哦？"大师傅愣了一下，小徒弟也停住了打扇子，别的二师傅、三师傅也都围过来了，只有一个客人在理发，他也回过头来。

"没人在你们这儿剪过吗？我是说女客。"妈妈问大师傅。

"有有有。"大师傅大概怕生意跑了，但是他又说，"前儿个有个女学生剪辫子，咱们可没敢下剪子，是让她回家把辫子剪了，咱们再给理的发。"

妈妈又问："那就是得我们自己把辫子剪下来？"

"那倒也不是这么说，那个女学生自己来的，这年头儿，维新的事儿，咱们担不了那么大沉重。您跟着来，还有什么错儿吗？"

"那个女学生，剪的是什么样式？"妈妈再问。

"我给她理的是上海最时兴的半剖儿。"大师傅这么一吹。

"半剖儿？什么叫半剖儿？"还是妈妈的问题，真啰嗦。

"那，"大师傅拿剪刀比画着，"前头儿随意打刘海儿、朝后拢都可以，后头，就这么，拿推子往上推，再打个圆角，后脖上的短毛都理得齐齐的。啧！"他得意得自己啧啧起来了。

"那好吧，你就给我的女儿也剪个半怕丫吧。"

妈妈的北京话，真是！

我坐上了高架椅，他们把我的辫子散开来了，我从镜子里看见小徒弟正瞪着我，他顾不得拉布帘子了。我好热，心也跳。

白围巾围上了我的脖子，辫子的影子在镜子里晃，剪子的声音在我耳边响，我有点害怕，大师傅说话了：

"大小姐，可要剪啦！"

我伸手一把抓住了我散开的头发，喊："妈——"

妈妈说："要剪就剪，别三心二意呀！"

好，剪就剪，我放开了手，闭上眼睛，听剪刀在我后脖子响。他剪了梳，梳了剪，我简直不敢睁开眼睛看。可是等我睁开了眼，朝镜子里一看，我不认识我了！我变成一个很新鲜、很可笑的样子。可不是，妈妈和宋妈也站在我的背后朝镜子里的我笑。是好看，还是不好看呢？她们怎么不说话？

大师傅在用扑粉揎我的脖子和脸，好把头发碴儿揎下去，小徒弟在为我打那布扇子，一蹲，一拉。我要笑了，因为——瞧小徒弟那副傻相儿！窗外街上也有人探头在看我，我怎么出去呢？满街的人都看着我一个人，只因为我剪去了辫子，并且理成上海时兴样儿——半剖儿！

我又快乐又难过，走回家去，人像是在飘着，我躲在妈妈和宋妈的中间走。我剪了发是给人看的，可是这会子我又怕人看。我希望明天早晨到了班上，别的女同学也都剪了，大家都一样就好了，省得男生看我一个人。可是我还是希望别的女生没有剪，好让大家看我一个人。

现在街上的人有没有看我呢？有，干货店伙计在看我，杭州会馆门口站着的小孩儿在看我，他们还说："瞧！"我只觉得我的后脖子空了，风一阵来一阵去的，好像专往我的脖子吹，我想摸摸我的后脑勺秃成什么样子，可又不敢。

回到家里，我又对着镜子照，我照着、想着，想到了爸爸，就不自在起来了，他回家要怎么样地骂我呢？他也会骂妈妈，骂宋妈，说她们不该带我去把辫子剪掉了，那还像个女人吗？唉！我多不舒服，所以我不笑了，躲在屋子里。

妈妈叫我我也听不见，宋妈进来笑话我：

"怎么？在这儿后悔哪！"

然后，我听见洋车的脚铃铛响，是爸爸下班回来了，怎么办呢？我不出屋子了，我不去看三姨结婚了，我也不吃晚饭了，我干脆就早早地上床睡觉算了。

可是爸爸已经进来了，我只好等着他看见我骂我，他会骂我："怎么把头发剪成这个样子，这哪还像个女人，是谁叫你剪的？鬼样子，像外国要饭的……"但是我听见：

"英子。"是爸爸叫我。

"噢。"

爸爸拿着一本什么，也许是一本《儿童世界》，他一定不会给我了。

"咦？"爸看见我的头发了，我等着他变脸，但是他笑了，"咦，剪了辫子啦？"只是这么简简单单的一句话，唉！只是这么简单的一句话。

我的心一下子松下来了，好舒服！爸爸很高兴地把书递给我，他说：

"我替你买了一个日记本，你以后要练习每天记日记。"

"怎么记呢？我不会啊！"记日记，真是稀奇的事，像我剪了头发一样的稀奇啊！

"就比如今天，你就可以这样记：1927年7月15日，我的辫子剪去了。"

"可是，爸，"我摸摸我后脖的半剖儿说，"我还要写，是在虎坊桥文华阁剪的，小徒弟给我扇着布帘子。"

我歪起脸看爸爸，他笑了。我再看桌上妈妈给我穿的两枝茉莉花，它们躺在那儿，一点用处也没有啦！

天桥上当记

　　天桥并不是女人所该常去的地方，因此，以女人的笔来写天桥，既不能深入那地方的每一个角落，又怎能写出那地方的精神所在？那里的江湖、那里的艺术。

　　可是我写了。

　　我去看到的，实在并没有我听到的更多。很多年前，有位记者曾在北平的报上写过《天桥百景》，光是"天桥八怪"，他就写了八篇之多，百景写完了没有，不记得了，但是他真是个天桥通，写作的气魄，也令人钦佩。

　　爸爸喜欢逛天桥，他从那里的估衣摊上买来了蓝缎子团花面的灰鼠脊子短皮袄，冬天在家里穿着它。有人说，估衣都是死人的衣服，我听了觉得很别扭，因此我并不喜欢爸爸的这件漂亮衣服。妈妈也偶然带着宋妈和我逛天桥。她大老远到天桥去买旧德国式洋炉子，以及到处都买得到的煤铲子和烟囱等等，载了满满两洋车回来。临上车的时候，还得让"掸孙儿"的老乞妇给穷掸一阵子。她掸了车厢掸车座，再朝妈妈和我的衣服上乱掸一阵，要贫嘴说：

"大奶奶大姑儿，您慢点儿上车。……嘿我说，你可拉稳着点儿，到家多给你添两钱儿，大奶奶也不在乎。……大奶奶，您坐好了，搂着点儿大姑儿。大奶奶您修好。……嘿，孙哉！先别抄车把，大奶奶要赏我钱哪！"

我看妈妈终于被迫打开了她那十字布绣花的手提袋，掏出一个铜子儿来。

我长大以后，更难得去逛天桥了，我们年轻一代的生活日用品，是取诸东安市场和西单商场，因此记忆中有一次逛天桥，便不容易忘记了。

是个冬天的下午，我和三妹在炉边烤火，不知怎么谈起天桥来了，我们竟兴致勃勃地要去天桥逛逛，她想看看有没有旧俄国车毯子卖，我没有目的。但是妈妈说，天桥的东西，会买的便非常便宜，不会买的，买打了眼，可就要上当了。我和三妹一致认为妈妈是过虑的，我们又不是三岁孩子，我们更不会认不出俄国毯子以及别的东西的真假。

"还价呢？会吗？"妈妈问。

"笑话！漫天要价，就地还钱，我们也懂呀！"三妹说。

"还了价拿腿就走，不是妈妈您这'还价大王'的诀窍儿吗？"我说。

妈妈的劝告，并没有使我们十分在意，我和三妹终于高高兴兴地来到了天桥。

逛天桥，似乎也应当有个向导，因为有些地方，女性是不便闯进去的，比如你以为那块场地在说相声，谁不可以听呢？但是据说专有撒村的相声，他们是不欢迎女听众的，北平人很尊重女性，在"堂客"的面前，他们是决不会撒村的。听说有过这么一回事，两位女听众到她们不该听的场地来了，说相声的见有女客来，既不便撒村，又不便说明原委赶走她们，只好左一个，右一个，尽讲的是普通相声，女听众听得有趣，并不打算起身，最后，看座儿的实在急了，才不得已向两位听众说：

"对面棚子里有大妞儿唱大鼓，您二位不听听去？"

两位女听众这时大概已有所悟，才红着脸走了。

我和三妹还不至于那么傻，何况我们的目的是买点儿什么，像那江湖卖药练把式摔跤的，我们怕误入禁地，连张望也不张望呢！

卖估衣的，或卖零头儿布的，都是各以其类聚集在一处。那里很有些可买的东西，皮袄、绣袍、补褂，很多都是清室各府里的落魄王孙以三文不值两文卖出去的。卖估衣的吆唤方式很有趣，他先漫天要价，没人搭茬儿，再一次次地自己落价，当我们逛到一个布摊子面前时，那卖布的方式，把我们吸引住了。那个布摊子，有三四个人在做生意，一个蹲在地上抖落那些布，两个站在那里吆唤，不是光吆唤，而是带表演的。当一块布从地摊上拿起来时，那个站着的大汉子接过来了，他一面把布打开，一面向蹲着的说：

"这块有几尺？"

"十二尺半。"

"多少钱？"

"十五块。"

于是大汉子把那号称十二尺半的绒布双叠拉开，两只胳膊用力向左右伸出去，简直要弯到背后了，他拿腔拿调带着韵律地喊着说：

"瞧咧这块布，十二尺半，你就买了回去，绒裤褂，一身儿是足足的有富余！"

然后他再把布扯得砰砰响，说：

"听听！多细密，多结实，这块布。"

"少算点儿行不行呀？"这是另一个他们自己人在装顾客发问。

"少多少？你说！"自己人问自己人。

"十二块。"

"十二块，好。"他又拉开了这块布，仍然是撑呀撑呀，两只胳膊都弯到背后去了，"十二块，十二尺，瞧瞧便宜不便宜！"

有没有十二尺？我想有的。我心里打量着，一个大男人，两条胳膊平张开，无论如何是有六尺的，双层布，不就是十二尺了吗？何况他还极力地弯呀弯呀，都快弯到一圈儿了，当然有十二尺。

三妹也看愣了，听傻了，因为江湖的话，是干脆之中带着义气，听了非常入耳，更何况他表演的十二尺，是那样的有力量，有信用，有长度呢！

"你看这块布值不值？"三妹悄悄问我。

我还没答话呢，那大汉子又自动落价了。

"好！"他大喊了一声，"再便宜点儿，今儿过阴天儿，逛的人少，还没开张呢！我们哥儿仨，赔本儿也得赚吆唤嘛！够咱们喝四两烧刀子就卖呀！这一回，十块就卖，九块五，九块三，九块二咧，九块钱！我再找给您两毛五！"

大汉子嗓子都快喊劈了，我暗暗地算，十二尺，我正想买一块做呢大衣的衬绒，这块岂不是刚够。布店里这种绒布要一块多钱一尺呢，这十二尺才九块，不，八块七毛五，确是便宜。

这时围着看热闹的人更多了，我也悄声问三妹：

"你说我做大衣的衬绒够不够？"

三妹点点头。

"那——"我犹疑着，"再还还价。"我本已经觉得够便宜了，但总想到这是天桥的买卖，不还价，不够行家似的。

"拿我看看。"我终于开口了，围观的人都张脸看着我们姊儿俩。

我拿过来看了看，的确是细白绒布。

"够十二尺吗？"

摊子上没有尺，真奇怪，布是按块儿卖，难道有多长，就凭他的两条胳膊量吗？我一问，他又把布大大的撑开来，两条胳膊又弯到背后去了。

"十二尺半，您回去量。"

"给你七块五。"

我说完拉着三妹就走，这是跟"还价大王"妈妈学的。其实在我还另有一种意思，就是感觉到已经够便宜了，还要还得那么少，实在不忍心，又怕人家损两句，多难为情，所以赶快借此走掉，以为准不会卖的，谁知走没两步，卖布的在叫了：

"您回来，您回来。"

我明白他有卖的意思了，不免壮起胆来，回头立定便说：

"七块五，你卖不卖吧！"

"您请回来！"

"你卖不卖嘛？"

"我卖，您也得回来买呀！"

他说得对，我和三妹又回到布摊前面来。谁知等我回来了，他才说：

"您再加点儿。"

我刚想再走，三妹竟急不可待地说：

"给你八块五好了！"一下子就加了一块钱。

"您再加点儿，您再加一丁点儿我就卖，这还不行吗？"

"好了，好了，八块六要卖就卖，不卖拉倒！"

"卖啦，您拿去！"

比原来的八块七毛五，不过便宜了一毛五，我们到底还是不会还价，但是，想一想，可比外面布店买便宜多了，便宜了几乎有一半。不错！不错！我想三妹也跟我一样的满意，因为她向我笑了笑，可能很得意她会还价。

我们不打算再买什么、逛什么了，天也不早，我们姊儿俩便高高兴兴地回家来。见着妈妈就告诉她，我们虽然没买什么，但是买了一块便宜布来。

"我看看。"妈妈说着就拆开了纸包，"逛了半天天桥，你们俩大概还是洋车来回，就买了一块布头儿！几尺呀？八尺？"妈妈把布抖落开了。

"八尺？"我和三妹大叫着，"是十二尺哪！"

"十二尺？"这回是妈妈大叫了，"我不信，去拿尺来，绝没有十二尺！绝没有十二尺！"她连声加重语气，妈妈真是的，总要扫我们的兴。

尺拿来了，妈妈一尺一尺地量着，最后哈哈大笑起来，"我说怎么样？八尺，一尺也不多，八尺就是八尺！"

我和三妹都愣住了。但是三妹还强争说：

"您这是什么尺呀！"

"我是飘准尺！"妈妈一急，夹生的北京话也出来了。

"什么标准尺——"三妹没话可讲了，但是她挣扎着说，"那也没什么吃亏的，可便宜哪！才八块六买的，布铺里买也要一块多一尺哪！"

"我的小姐，说什么也是上当啦！"妈妈把布比在我们的鼻子前，指点着说，"一块多，那是双面的细绒布，这是单面的，看见没有！这只要七八毛一尺。"

真是令人懊丧极了！还有什么可说的呢！我和三妹相视苦笑。停了一下，她想起什么似的，说：

"我觉得那个卖布的，他的两条胳膊，不是明明——"三妹也把自己的两手伸平打量着，"难道这样没有六尺？那么大的大男人，难道只有四尺？真奇怪。不过，他真有意思，两臂用力弯到背后去，仿佛是体育家优美的姿势。"

"他的话，也有一种催眠的力量，吸引着人人驻足而观，其实围观的人，并不是各个要买布的——"我还没说完，妈妈嘴快打岔说：

"哪像你们姊儿俩！"

"——而是要欣赏他们的艺术，使我们的听觉和视觉都得到官感的快乐，谁不愿意看见便宜就占呢？谁不愿意听顺耳的话呢？天桥能使你得到。"

"吃了一回亏，学一回乖，"妈妈说，"你们上了当还直夸。"

"这就是天桥的艺术和精神了，你吃了亏，并不厌恶它。"

　　"所以说，逛天桥，逛天桥嘛！到天桥去要慢慢地逛，仔细地欣赏，却不必急于买东西，才是乐事。"

　　八尺的绒，并不够做大衣的衬里，但做一件旗袍的里是足够了。我做好穿了它，价钱虽然贵了些，但它使我认识了一些东西，虽然上当，总还是值得的。

骑毛驴儿逛白云观

　　很久不去想北平了，因为回忆的味道有时很苦。我的朋友琦君却说："如果不教我回忆，我宁可放下这支笔！"

　　因此编辑先生就趁年打劫，各处拉人写回忆稿。她知道我在北平住的时候，年年正月要骑毛驴儿逛一趟白云观，就以此为题，让我写写白云观。

　　白云观事实上没有什么可逛的，我每年去的主要的目的是过过骑毛驴儿的瘾。在北方常见的动物里，小毛驴儿和骆驼，是使我最有好感的。北方的乡下人，无论男女都会骑驴，因为它是主要的交通工具。我弟弟的奶妈的丈夫，年年骑了小毛驴儿来我家，给我们带了他的乡下的名产醉枣来，换了奶妈这一年的工钱回去。我的弟弟在奶妈的抚育下一年年地长大了，奶妈却在这些年里连续失去了她自己的一儿一女。她最后终于骑着小毛驴儿被丈夫接回乡下去了，所以我想起小毛驴儿，总会想起那些没有消息的故人。

　　骑毛驴儿上白云观也许是比较有趣的回忆，让我先说说白云观是个什么地方。

白云观是个道教的庙宇，在北平西便门外二十里的地方。白云观的建筑据说在元太祖时代就有，那时叫"太极宫"，后来改名"长春宫"，里面供了一位邱真人塑像，他的号就叫"长春子"。这位真人据说很有道行，无论有关政治，或日常生活各方面，曾给元太祖很多很好的意见。那时元太祖正在征西，天天打仗，他就对元太祖说，想要统一天下，是不能以杀人为手段的。元太祖问他治国的方法，他说要以敬天爱民为本。又问他长生的方法，他说以清心寡欲为最要紧。元太祖听了很高兴，赐号"神仙"，封为"太宗师"，请他住在太极宫里，掌管天下的道教。据说他活到八十岁才成仙而去。在白云观里，邱真人的像是白皙无须眉。

现在再说说我怎么骑小驴儿逛白云观。

白云观随时可去，但是不到大年下，谁也不去赶热闹。到了正月，北平的宣武门脸儿，就聚集了许多赶小毛驴儿的乡下人。毛驴儿这时也过新年，它的主人把它打扮得脖子上挂一串铃子，两只驴耳朵上套着彩色的装饰，驴背上铺着厚厚的垫子，挂着脚蹬子。技术好的客人，专挑那调皮的小驴儿，跑起来才够刺激。我虽然也喜欢一点刺激，但是我的骑术不佳，所以总是挑老实的骑。同时不肯让驴儿撒开地跑，却要驴夫紧跟着我。小驴儿再老实，也有它的好胜心，看见同伴们都飞奔而去，它也不肯落后，于是开始在后面快步跑。我起初还拉着缰绳，"得得得"地乱喊一阵，好像很神气。

渐渐地不安于鞍，不由得叫喊起来。虽然赶脚的安慰我说："您放心，它跑得再稳不过。"但是还是要他帮着把驴拉着。碰上了我这样的客人，连驴夫都觉得没光彩，因为他失去表演快驴的机会。

到了白云观，付了驴夫钱，便随着逛庙的人潮往里走。白云观，当年也许香火兴旺过，但是到了几百年后的民国，虽然名气很大，但是建筑已经很旧，谈不上庄严壮丽了。在那大门的石墙上，刻着一个小猴儿，进去的游客，都要用手去摸一摸那石猴儿，据说是为新正的吉利。那石猴儿被千千万万人摸过，黑脏油亮，不知藏了多少细菌，真够恶心的！

进了大门的院子，要经过一道小石桥，白云观的精华，就全在这座石桥洞里了。原来下面桥洞里盘腿坐着一位纹风不动的老道，面前挂着一个数尺直径的大制钱，钱的方洞中间再悬一个铜铃。游客用当时通用的铜币向银铃扔打，说是如果打中了会交好运，这叫作"打金钱眼"。但是你打中的机会，是太少太少了。所以只听见铜子儿叮叮当当纷纷落在桥底。老道的这种敛钱的方法，也真够巧妙的了。

打完金钱眼，再向里走，院子里有各式各样的地摊儿，最多的是"套圈儿"，这个游戏像打金钱眼一样，一个个藤圈儿扔出去，什么也套不着，白花钱。最实惠的还是到小食摊儿上去吃点什么。灌肠、油茶，都是热食物，骑驴吸了一肚子凉风，吃点热东西最舒服。

最后是到后面小院子里的老人堂去参观，几间房里的炕上，盘腿坐着几位七老八十的老道。旁边另有仿佛今天我们观光术语说的"导游"的老道，在报着他们的岁数，八十四，九十六，一百零二，游客听了肃然起敬，有当场掏出敬老金的。这似乎是告诉游人，信了道教就会长生，但是看见他们奄奄一息的样子，又使人感到生趣索然了。

白云观庙会在正月十八"会神仙"的节目完了以后，就明年见了。"神仙"怎么个会法，因为我只骑过毛驴儿而没会过神仙，所以也就无从说起了！

难忘的两座桥

走天桥

这座名叫"天桥"的桥，是六十多年前，我七八岁的时候，开始看见她的。她在我的母校北京师范大学附属小学的后操场边上。她的形状是这样的：

桥面约三码长，宽度约十英寸，厚度约十英寸，两边斜坡。整座桥全部都是木制，很结实。我们去走的时候，就叫作"走天桥"。下了课，同学们都喜欢到后操场去走天桥，是运动，也是趣味。由这一边爬走上去，两手扳着斜坡，弯着腰，撅着屁股一步步朝上走。虽很吃力，但很兴奋。上了桥面，可就要小心，因为要脚尖顶着前面脚跟，一步步小心翼翼的，两手有时要张开维持平衡的姿态，好像走钢索一样！

走完这条约三码长的桥面（中间要注意，可别掉下桥去呀！），该下坡了，又是一阵紧张，比上坡可麻烦喽！因为下坡，大家都知道，可不是撅着屁股爬行，而是直着身子，挺胸，腆着肚子朝下走啊！脖子一动也不能动，架着你的脑袋，眼球不能左右乱看。

有一点还得知道，这木桥无论哪一面，都是平光的，虽不滑，但也不是很平稳。就这么挺胸腆肚子走下去，最后一步跳到地面上，算完成了这一趟"走天桥"。快乐地大喊一声，是成功了一件大事！

这种光面的爬行，是一种本事，它训练你胆大、心细、只许前进、不许退缩。所以"走天桥"在我自小的心目中，永难忘怀。每逢走她，我都带着兴奋的心情。"要努力啊！"我告诉自己。"要走完啊！"我鼓励自己。"走完天桥"的心意，就这么自小到大养成了。

数十年后，我重踏第二故乡北京，再返母校找寻我的桥。桥不见了，很失望，不知何年何月给拆掉了。

我不知道有多少老同学老朋友记得我的桥，但是没关系，她永存于我心中，给我的影响是今生今世，永久永久。

宽敞美丽的十七孔桥

从小到大，每年到颐和园做春假旅行是必然的事。那么广大（占地二百九十公顷）的皇家园林，里面有看不尽的自然的或人工的景致，是清末慈禧太后花费了海军军费三千万两雪白银子的款项修建的。这个中国最完美的皇家园林，虽然她自己享受了，但还是供给更多后世的人无尽地享用！

春假时节，从北京城区到颐和园的游春者，真是络绎于途，出了西直门，车呀，牲口呀，徒步的人呀，尘土飞扬的情景忘不了。我头上包着一块头纱，玩够了回家，还是满鼻孔的黄土。想当年，北京可真是"无风三尺土"，一点儿也不错啊！

到了颐和园，门口是两尊石狮子，雕刻的坐姿别提多美了。进了门就看见昆明湖的大湖面，向右看，是万寿山。我们总是先向左转，经过耶律楚材墓，向前走，就是铜牛。越过造型优美的十七孔桥，接连了昆明湖和万寿山，我只熟悉万寿山上高高的排云殿，一步步向上走去，许多这个殿，那个阁的，我可就背不出来了。

从万寿山朝广大的昆明湖望下去，十七孔桥历历在目。她是多么美啊！无论日出、日落，十七孔桥总是在晨曦的阳光中或月色朦胧中，安安稳稳地架在湖面上。她接连了湖与岸，游客走上排云殿，不免停驻阶梯上，回头望湖面，那白玉石栏杆的十七孔桥，像一道彩虹，跨在庙、亭之间。

如果你漫步在桥上，从桥栏向湖水望去，碧波荡漾中是天光云影。这十七孔桥，桥长一百五十公尺，宽八公尺，共有十七个桥洞，桥栏杆上雕有石狮五百多只，不同的姿态，造型非常美，无论大人小孩，都不由得要伸手去勾一勾、摸一摸。

到了夏天，昆明湖面上布满了游艇，堤岸上柳荫处处，散步在堤岸上，是无限的夏意之美。

我们知道颐和园是皇家用了该建海军的白花花的几千万两银子，但却不知道谁是那筑园的工程师，历史上没有记载，是无名英雄啊！

如今，十七孔桥，以及占地两百九十公顷的皇家园林，几百年下来，还是那么美丽地存在着。如果去北京旅行，可别忘了到颐和园走游一天，别忘记走一走我的十七孔桥，数一数桥栏杆上的石雕狮子啊！

访母校·忆儿时

　　我的小学母校是在大陆的北平，地址在和平门外厂甸，简称"厂甸师大附小"。北平的师范大学，有附属中学和附属小学，在同一社区，是文化古都北平有名的校区。我第一次返第二故乡北平，访母校附小是一九九〇年五月的事。一群夏家的子侄陪我一道去，因为他们也都是附小毕业的，就连他们的子女，现在也都在附小读书，是一家三代的母校了。

　　校园还是老样子，大校门进去，是环抱两条斜坡的路，因为校园比大街高出许多。上了坡，眼前显现的是广大校园前部，一年级的教室仍在左手边！脑海里立刻浮现出下雨天我上课迟到，爸爸给我送衣服来的情景，那已经是六十多年前的事了。向前方对面望去，有一排房子，当年是专为男生上课的劳作教室。旁边还有两个窗口的房子，是排队买早点——烧饼麻花（即油条）的地方。

　　我记得我的门牙掉了，吃起东西来抿着嘴，吃烧饼麻花也一样，又难看又不舒服。北平的小孩子掉了门牙，大人见了常会开玩笑说："吃切糕不给钱，卖切糕的把你门牙摘啦？"切糕是一种用黄糯米粉和红枣、芸豆、白糖蒸出来的糕，像我们台湾的萝卜糕一样大，人人都爱吃。

从校园向右往里走，经过二年级教室、花圃，穿过大礼堂、音乐教室，豁然一亮，就到了大操场和右手一排依旧是临街墙的老楼房教室，操场也还和从前一样，有滑梯、秋千、转塔等。想到我那时从前面的一、二年级升到后面的三、四年级，升高长大，心中好不得意。转塔、秋千、滑梯是我的"最爱"！

进到楼房廊下，看见一间教室的外墙上，钉着一个牌子，上面横写着三行字：

邓颖超同志

一九二〇年至一九二一年

曾在此教室任教

看起来很亲切，可见他们对邓颖超女士的敬重。她是周恩来的夫人，一对模范夫妇，他们生活简朴，一向喜爱收养抚育孤儿，非常有爱心，所以受人敬重。前些时（一九九二年七月十一日）邓女士以八十八高龄于久病后故去，我们也一样地悼念她。

校园没有变动，这栋楼房也是我在三、四年级上了两年课的地方。上下课的时候，钟声一响，群生奔向楼梯，木板被跺得咚咚响，我现在还好像听到吵人的声音。

校园的最后面，也就是楼房的右边，原有一排矮屋，是缝纫教室和图书室，但是现在却没有，太陈旧矮小被拆除了吧！但是我在这儿却有着难忘的生活。女生到了三年级就要到这间教室学针线。这屋里有两张长桌和一排靠墙的玻璃橱，橱里摆着我们的成绩——钩边的手绢、蒲包式婴儿鞋、十字刺绣，等等。教室的另一头是图书室，书架上是《小朋友》《儿童世界》杂志，居然还有很多商务印书馆出版的林纾、魏易用浅近的文言所翻译的世界名著，像《基度山恩仇记》《二孤女》《块肉余生记》《劫后英雄传》等，我都囫囵吞枣地读过，可见得，当我白话文还没学好的时候，已经先读文言的世界名著了，奇怪不奇怪！

在后面绕了一圈，又回到前院去，到我二年级的教室前拍了一张照，因为它仍是当年我上课的教室，没有变动。我忽想起我上二年级的糗事，算术开始学乘法，我怎么也不会进位，居然被级任王老师用藤教鞭打了几下手心，到今天还觉得羞愧脸热。

今天走到这儿，拍了照，我忽然对晚辈讲起这些糗事并且笑说："是不是我也可以在教室外挂一个牌子，上面写：林海音同学一九二五年至一九二六年曾在此教室挨揍。"

子侄们听了大笑！

五年级和六年级的教室，就在二年级教室的东面。我们升入六年级的第一天，下午下课前，新级任李尚之老师指定几个男同学，要他们下了课留在教室，先不要回家。大家疑心重重，不知道是什么事要他们留下来，打扫教室？挂贴画表？功课不好需要补习？

有一些好事的同学便也留下来不回家，躲到离教室远远的角落看动静。

第二天，你们猜是怎么回事？

好事听动静的同学告诉我们了。原来昨天教室门关起来以后，只听见李老师叫那几个男同学一字排列，严词厉色地说，他知道他们几个人在五年级时是班上闹得不像话又不用功的学生——五年级的钱老师是个老秀才，是好人，但是管不住学生，我就是从钱老师班上升上来的，所以我知道——现在到了李老师班上。李老师说到这儿便拿起了藤教鞭，"咻！咻！"两下子，接着说："到了我这班上可没这么便宜！"便接着在每人身上抽了几下，几个出名的坏学生，便闪呀躲呀的，可也躲不及，只好乖乖地各挨了一顿揍。

"你们怎么知道？不是教室关紧了吗？"我们女同学问。

"趴在门窗缝看见、听见了呀！"淘气的男同学扮着鬼脸说。

"也欠揍！"我也不客气地撇嘴对男生说。

小学的最后一年，在李尚之老师的教导下，我们成了优秀和模范班。矮矮胖胖、皮肤黝黑的李老师，是河北省人（附小的老师几乎都是河北省人），他虽严厉，但教课讲解仔细，也爱护我们，我们实实在在地受益不少。这一年中也有不少学生（男生最多）挨了揍，但是我们不觉得有什么不妥当，和现在有的老师拿打人出气是截然不同的。

我在附小记忆中的老师，像教舞蹈体育的韩荔媛老师，教缝纫的郑老师，二年级级任王老师，五年级级任钱老师（他的名字是钱贯一，反过来念就是"一贯钱"啦！）都是一生难忘的。

我们附小主任是韩道之先生。他是韩荔媛老师的爸爸。记得上三年级的时候，有一天他召集全校女生到大礼堂听他训话，他发表讲话说，我们身体发肤受之父母，所以不可毁伤伦理观念，劝大家不要随时髦剪掉辫子。因为那时正是新文化运动，西洋的各种风气东来，一股热潮，不但文化、衣着、生活上的种种习俗都改变了，剪辫子留短发也是女学生（甚至我妈妈那样的旧式家庭妇女）的新潮流，韩主任的一番大道理，谁听得下去，过不久还不是十个女生有九个剪掉黄毛小辫儿，都成了短发齐耳了。我当然也是。

前面我说过，我们的缝纫教室也是学校图书室，我喜欢看书架上的杂志《小朋友》和《儿童世界》。《小朋友》是中华书局出的，《儿童世界》是商务印书馆出的。《小朋友》的创办人有一位是黎锦晖先生，他对中国的音乐教育大有贡献，我们是中国新文化开始后第一代接受西洋式的新教育，音乐、体育、美术，都是新的，我们小学生，几乎人人都学的是黎先生编剧作曲的歌剧，像《麻雀与小孩》（太有名啦！）《小小画家》《葡萄仙子》《可怜的秋香》《月明之夜》，哪一个不是小朋友们所喜欢、所唱过的哪！他办的《小朋友》杂志是周刊，每到星期六，我就等着爸爸从邮局（他在北平的邮局工作）提早把《小朋友》带回来。上面我爱看《鳄鱼家庭》，还有王人路（他是电影明星王人美的哥哥）的翻译作品。记得有一期登了一篇小说，说是一个王子慈善心肠，他走在路上很小心，低头看见地上有蚂蚁就踮着脚尖走，不愿踩到蚂蚁，这给我的印象很深。我虽然是任意走路的人，但是真的低头看见蚂蚁，也会不由得躲开走呢！这都是受了《小朋友》上小说的影响吧！

等我长大了，进了中学，当然满心阅读新文艺作品和翻译的西洋作品，《小朋友》就不知道什么时候从我的读书生活中消失了。

今年的暮春五月，我们一群儿童文学工作者到上海、北京、天津去和大陆上的同好者开会，热闹极了，亲热极了。我在会场上认识了许多人，重要的是在上海的会中，桂文亚给我介绍了今年八十六岁的陈伯吹老先生，他一生至今都是从事儿童文学工作，写作、编辑或教书。他虽是快九十岁的人了，但健康的气色、红润的肤色、亲切的谈吐，都使人有沐浴春风的感觉。大家都很敬重他，我也一样，给他拍了照片。

这时台北的陈木城过来了，他说："来，林先生和七十岁的《小朋友》合拍一张。"原来他拿来的是一本《小朋友》创刊七十周年纪念号，全书彩色，虽然是二十四面薄薄的一本，但七十岁可是个长寿呀！算起来这位"小朋友"还比我小，我们都这么健康，我虽然这么大岁数，也没有失掉孩子气，我愿意像陈伯吹先生一样，一生都要分出时间来为孩子们不断地写！

两地乡愁

这一切，在这里何处去寻呢？

像今夜细雨滴答，更增我苦念北平。

不过，今年北平虽然风云依然，

景物还在，可是还有几人能有闲情对景述怀呢！

城墙·天桥·四合院儿

三宗宝

大阪对我不是个陌生的地方，因为七十五年前，我出生在大阪，跟大家可以认同乡呢！何况大家又都是研究汉文，研究北京，都是"京味儿"同志呢！贵会藤井荣三郎委员第一次写信邀请我，曾很欣赏我编的北京三宗宝："城墙、天桥、四合院儿，骆驼祥子满街跑！"其实这不是真的北京三宗宝，实在是我个人编的，是我对北京的重要印象。

说到三宗宝，这是中国北方对于某地特产的一种语言文化。大家也许听说过一些，我先举一个保定府三宗宝：

铁球、酱菜、春不老。

保定府是河北省县名，是旧河北省省府，在天津市的西南，和北京、天津是接近的三个地方。今天的保定府的三宗宝，我带来了一宝，就是这一对铁球。为何铁球是宝？难道别的地方没有？大家请看、请听：这球是钢制的，男人揉之活血脉；听，摇揉起来有叮当之声，因为里面有个小钢球，但球是空心的，小钢球是如何焊入的？这就是它的巧妙了，也只有保定府才会制作。其他两样，保定府的酱菜特别好吃，腌制方法不同吧。春不老则是一种青菜，像雪里红一样的。

另外，东北的三宗宝则是：人参、貂皮、乌拉草。

人参大家都知道是补品，最贵重的产在吉林；貂皮则是兽皮，现在是属环保动物！可不能随便杀取啦；乌拉草是冬日制鞋的一种草，穷人穿着又便宜又取暖；而貂皮则是有钱人穿着的贵重的皮袭。

至于说到北京的三宗宝，藤井先生所欣赏是我编的，那么北京到底有没有真的三宗宝呢？可说没有，也可说有，我后面再说。那么我自编的北京城三宗宝"城墙、天桥、四合院儿，骆驼祥子满街跑"又是什么意思呢？那是我心中的三宗宝，并非自来就有。北京城和万里长城，是世界闻名的古迹，全世界没地方找，当初拆的时候，曾有不同的意见，看，就连意大利的不少古迹都成了废墟了，也都亮在那儿，供人凭吊，保留不毁。古迹嘛！虽说拆了改建更进步的城市是应当的，我所以伤心，只是我自幼对它们的感情，很伤心，而不是反对，只是感性的罢了！天桥，它原是老百姓的一个娱乐去处。清朝皇帝住在皇宫里，自有他们的娱乐生活，但是皇帝住在宫内，每年却要到天坛的祈年殿等处去祭天、祈求。平民区的所在地是必经之路，皇帝不能不过，却又不能过，所以就以汉白玉造一个拱形的桥，专为皇帝走；皇帝称天子，天子所走之桥故称"天桥"，民国后桥拆了，变成名存实亡的"天桥"，今日的天桥反而是代表平民的，民俗的了。

我今天又带来了三张北京地图，我们大家来欣赏北京城百年来古今地理环境。一张是清末民初的《京城内外首善全图》，一张是七七事变前的《北平全图》，一张是沦陷后的《北京城区地图》。我借图略谈一谈北京的四合院：四合院是是中国有名的居住建筑形态，它的大原则是四面房子，中间包着一个院子，所以叫"四合院"。当然，它也不是那么简单，北京的四合院，有千百种样式，中国房屋构造是以北为上的，所以一进大门是一溜南房，然后进了二道门，里面的三面北、东、西，北房俗称上房，一向是主人房；东、西为厢房。四面还有跨院，院里有小房间，当作堆房、厨房、佣人房。北房里面两边还有耳房，是为主人贮藏衣物等用的。专讲四合院的房屋构造，就一时讲不完。

我以前在北京，自家住四合院，也见过许多四合院，讲究的大都在北城，是当年的王府住宅，院子里，墁着方油砖，院子四角有四棵树，房子分数进；每一进又是一个四合院。有一个形容大宅第生活的对子说：

天棚、鱼缸、石榴树；

老师、肥狗、胖丫头。

到了夏天，富户在院子搭起天棚遮阳，院中摆着大金鱼缸，屏风前面是几盆石榴；家中请了教席教孩子，养着肥狗，连供使唤的婢女都吃得胖胖的。这是怎样的一幅富家生活情景啊！

穷人也有他们的四合院，住了很多户，所以美其名叫"大杂院"，住户大多是劳动阶级：小贩，唱戏的，拉洋车的，贫户等等。大杂院也有其情趣的一面，许多作家都曾以大杂院的形形色色写成小说，其中不乏动人的故事。

大杂院的住家，一家只租一两间房，哪里设有厨房？所以他们的厨房，就设在房檐下，摆一个煤球炉子，冬日移到屋里，还可以取暖，也是很温暖有人情味的。

至于"骆驼祥子"，是北京早期的交通工具的代名词了。它是源自贵会所研究的老舍先生。《骆驼祥子》是老舍的名著，老舍的作品，这一生都是以北京为背景，老舍夫人胡絜青女士，曾在一本书中开头就说：

"老舍和北京分不开，没有北京，就没有老舍，老舍生在北京，长在北京，死在北京，他的一切都属于北京，老舍写了一辈子北京。……"

我打小成长在北京，对北京的交通工具很知道，尤其对北京人称为"洋车"的人力车，很熟悉，至于为什么又说"骆驼祥子"，因为老舍的这本名著中，外号叫"骆驼祥子"的洋车夫，有个很动人的故事，所以我说它是人力车的代号了。

我粗粗地把我印象深刻的北京的事物，编成"三宗宝"博大家一笑，也是我对北京的感情。好了，那么你们还会问，别处都有三宗宝，北京到底有没有？有，说出来大家一定很奇怪，它是：

"北京城三宗宝：人情、势力、脑袋好！"

这三宗宝不是物质的，而是精神的。怎么北京城是这三宗宝呢？我忘记这是我从哪儿得来的，我认为它更具代表性，是以北京人的一般人性做代表。北京做了近八百年的皇都，人人都懂得人情、势利眼、又聪明。不知大家以为然否？我觉得它比我编的三宗宝有力量多了。

红嘴绿鹦哥——说吃的

前面"什不溜七"的（杂乱之意），我谈了不少由北京发展出来的"三宗宝"，该换换口味了，说说吃的吧。说吃的，我先说一段早先西太后逃难的故事。

西太后逃难的时候，一路没得吃，可苦了随侍的太监们，有一天到了乡下，摆不出一百零八种菜样儿来，便问乡下人有什么可吃的，那儿只有豆腐、菠菜。好吧，御厨就以这两样西太后从未沾过嘴唇的东西做了一样菜，西太后吃到嘴边，嗯！不错嘛！便问起这是什么菜？御厨无以回答，其实是一个煎豆腐炒菠菜，便随口说：

"老佛爷，这道菜是金镶白玉板，红嘴绿鹦哥。"煎豆腐两面会焦黄色，而春天的菠菜，叶绿，梗子是洋红色，所以这么说了。因为皇宫中的菜名都得起得高贵好听。西太后听了吃得非常满意。

我现在要跟大家谈的，可不是什么贵族讲究菜，北京做了近八百年皇都，有所谓五大名菜：烤鸭、烤肉、涮肉、谭家菜、宫廷菜。我不打算说，也不会说，我要从民间的家常菜说起。记得我的二女儿夏祖丽出国后曾在一篇文章里回忆说："我很想念我妈妈的小炒。"所谓小炒，就是我们说的家常菜。因此它不是五大名菜，更不是各省的餐馆菜，如川菜、湘菜、江浙菜、广东菜、山西菜等等，而是北京一般家庭主妇每天做的家常菜，主妇自己的食谱，也就是小炒。怪不得我女儿想它，我也喜欢我妈妈的小炒啊！

北方人是以面食为主的餐饮习惯，这里所谓的家常菜，一方面是下饭吃，一方面是就面食如大饼、馒头吃的。我们由四季说起吧！北京是在华北大平原的西北端，属于温带大陆性季风的气候，四季分明，四到五月是春季，干旱少雨，多风沙天；六到九月是夏季，也是北京的雨季；九到十月是天高气爽的秋季，也是北京最佳的旅游季节，满山红叶，秋意醉人。十月底到次年三月是冬季，到零下一二摄氏度，降雪天。像这样的一年四季，在饮食中应当怎么说呢？三到四月是干树枝的冬季过去了，吃熬白菜、火锅的日子过去了，现在是春天，植物发芽，地下种的蔬菜都发芽冒出来了，我很记得胡同里一车一车推着的菠菜、大葱都出现了。家常菜本来是一样一样的炒菜，如炒韭黄，炒菠菜，炒豆芽。北京人炒菜用的肉类，一年四季最主要的是猪肉，而猪肉是讲究切，猪肉丝中放鸡蛋或豆干丝，都是非常好吃下饭的。北京人的餐饮，对于切的工夫很注意，所配炒的菜色，如果是韭黄、豆干，肉就要切丝。如果炒青豆，那么肉要切丁，豆腐干也切丁。如果菜色是笋片，那么猪肉、豆干都要切片。还有的菜如萝卜、黄瓜、茭白、茄子，是切成滚刀块的，它也都有它的艺术味道，可不是乱切乱割一阵的。北京所有的主妇，不但会炒菜，也很会切菜。

到了夏季，煮一锅绿豆稀饭，烙一些薄饼，配合了家常菜，就是一顿非常合口的餐食。夏季也是吃瓜果的季节，所以饭桌上常是凉拌的菜，如拍黄瓜拌粉皮，加入蒜末、芥末，再切些咸菜丝，就馒头吃，就是夏季最可口的饭食了。而且普通人家，常把矮桌摆在院子树荫底下，吃着说着，别提多快乐了。

到了秋天，北京人喜欢把在这一夏天所失去的脂肪找回来，有个名词就是"贴秋膘"，就是吃些荤菜，也就是我们现在常说的"打牙祭"，这种荤饮食，就是要在牛、羊肉的身上找了，这时张家口外的羊，开始进到北京了。有名的回族馆子，东来顺、西来顺（现在还有南来顺了），烤肉宛、烤肉季，都开始在馆子门口贴上大红的"爆、烤、涮"字样，令人垂涎不已（我就是）。

爆、涮，家庭可以吃，但是烤肉是要特别的装置，烤肉炙子就不是一般家庭所能装置的了，吃爆、烤、涮仍是配以面食为主，就烧饼、大饼吃。吃这些，蔬菜方面，少不得大白菜、酸白菜、大葱、香菜、大蒜等等。

我只能粗粗地讲一讲北京的家常菜而已，至于饺子、馅饼、锅贴，我也就不多讲了。北京还有些风味小吃，种类也不少，它们多是清廷传入民间的小吃，也可说是属于点心类吧，如肉末夹烧饼、小窝窝头、豌豆黄、芸豆卷、甑儿糕等，这差不多都是由皇室传入民间，但小窝窝头可不是民间吃的大窝头，大窝头是棒子面做的，小窝头则是很细的小米面、栗子面做的。

民间传统的小吃，则有炒肝、灌肠、艾窝窝、驴打滚儿、馓子麻花、萨其马、豆腐脑儿……花样很多，我一时也说不完。

我今天就说到这儿打住。无论是民俗，饮食，我都说得很草率，请大家原谅，也希望大家努力再进"京味儿"的门槛儿，下次还有机会，我们也许一同到北京去举行"老舍研究会"吧！

在胡同里长大

　　欣赏喜乐的六十多幅画北平的彩色图片，一面细读这一篇篇有趣的散文，也就一阵阵勾起我的第二故乡之思。尤其在这些画片中，很多是画到胡同风光的，使我这自小在"胡同"里长大的人，不由得看着看着图片，就回到椿树上二条、新帘子胡同、西交民巷、梁家园、南柳巷和永光寺街这些我住过的胡同里去——在北平的二十六年里，从五岁到三十一岁，我只住过两次大街，那就是虎坊桥大街和南长街。在北平一年四季的生活，在胡同里穿出穿进的，何止是"春天的胡同"（喜乐给小民画插图的书名）。北平是个四季分明的地方，不像台湾这样四季常绿，记得我的母亲生前曾讲她第一次到北平的笑话；到北平去时是二月，树还没发芽，都是干树枝子，我的母亲竟土里土气地说："怎么北京的树都死光啦！"

　　在干树枝上，可以很清楚地看见鸟巢，或者下大雪的日子，满树银白，一碰，雪花抖落下来，冰凉的掉在你的后脖里，小孩子都会又惊奇又高兴地缩着脖子吱吱叫。

冬夜的胡同里，可以听见几种叫卖声，卖半空儿花生的，卖萝卜赛梨的，卖炸豆腐开锅的。开门出去，买个叫作"心里美"的萝卜，在一盏小灯下，看卖萝卜的挑出一个绿皮红瓤的，听他用小刀劈开萝卜的清脆声，就让你满心高兴。北平俗话说："吃萝卜就热茶，气得大夫满街爬！"在一炉红火上，开水壶冒气嗡嗡地响了，吃着半空儿花生或萝卜，喝着热茶，外面也许是北风怒吼，屋里却是和谐温暖，这种情况，北平老乡都曾经历过、体验过。

夏日的胡同，最记得黄昏时光，太阳落山热气散了，孩子们放学回家。有时放了学的哥姊，要照顾小弟弟小妹妹，就大大小小地推开街门到胡同里玩。黄昏里的胡同风光，我记忆最深刻的是卖晚香玉的。把晚香玉穿成一个个花篮，再配上几朵小红花，挂在一根竹竿上，串胡同叫卖。买花的多是家庭妇女，买一只晚香玉花篮，挂在卧室里，满室生香。最使孩子们兴奋的，是"唱话匣子的"过来了，他背负着一个大喇叭，提着胜利牌，俗名"话匣子"的手摇留声机，那时有几家有自备唱机的呢，所以这种租听留声机的行业，就盛行于我的幼年。唱片中，以平剧、地方戏为多，开头说着"高亭公司特请梅兰芳老板唱《贵妃醉酒》"等语。兼有歌曲，但最教人兴奋的，是他送听一曲《洋人大笑》的唱片。那张唱片，从头到尾是洋人大笑，哈哈哈，嘻嘻嘻，呵呵呵，各种笑声，听的人当然也跟着大笑。这张唱片，相信许多人都听过。

　　胡同里虽然时有叫卖声，但是一点儿也不吵人，而且北平的叫卖声，各有其抑扬顿挫，现在回想起来，非常好听。比如夏日卖甜瓜的过来了，他撂下挑子，站在那儿，准备好了，就仰起头来，一手自耳朵后捂着，音乐般地喊着："哎——卖哎好吃的哎——苹果青的脆甜瓜咧——"他为什么半捂着耳朵，是为了当喊出去的时候，也可以收听自己的叫喊声是否够味儿吧！上午在胡同里出现的，有卖菜的，卖花的，换绿盆儿的，换取灯儿的，送水的，倒土的，掏茅房的……都是每天胡同生活的情景。

　　说起"换取灯儿的"，使我回忆起那些背着篓筐，举步蹒跚的老妇人。她们是每天可以在胡同里看见、听见的人物之一。冬日里，她们头上戴着一个绒布或绒线帽子，手上套着露出手指的手套，来到胡同，就高喊着："换洋取灯儿咧！换榧勒子儿啊！"

　　"取灯儿"就是火柴，"洋取灯儿"还是火柴，只因这玩意儿的形式是外来的，所以后来加个"洋"字。那时的洋取灯儿，多为红头儿的丹凤牌，盒外贴着砂纸，一擦就迸出火星。"榧子儿"（"勒"是我加诸形容她的叫卖声）是像桂圆核一样的一种植物的果实，砸碎它泡在水里，浸出黏液，凝滞如胶，是旧时妇女梳好头后搽抹的，也就是今日妇女做发后的"喷发胶"。而榧子儿液，反而不像今日发胶是有毒的化学制品，浸入头皮里有危险。无论你家搬到哪条胡同，都会有不同的"换取灯儿的"妇人，穿梭于胡同里。

　　"换取灯儿的"老妇人，大概只有一个命运最好的。很小就听说，那就是四大名旦尚小云的母亲，是"换取灯儿的"出身。有一年，尚小云的母亲死了，出殡时沿途有许多人看热闹，我们住在附近（当时我家住在南柳巷），得见这位老妇人的死后哀荣。在舞台上婀娜多姿的尚小云，重孝服上是一个连片胡子脸（旧时孝子在居丧六十天里不能刮胡子）。胡同里的人都指点着说，那是一个怎样的孝子，并且说死者是一个怎样出身的有后福的老太太。

在（二十世纪）三十年代的小说里，也有一篇描写一个"换取灯儿的"妇人的恋爱故事，那就是许地山（落华生）所写的短篇小说《春桃》，是我记忆深刻，而且非常欣赏的小说，它感人至深。主角"春桃"是一个很可爱的不识字的旧女子。《春桃》一开头儿，就描写的是北平的胡同景色：

这年的夏天分外的热。街上的灯虽然亮了，胡同口那卖酸梅汤的还像唱梨花鼓的姑娘耍着他的铜碗。一个背着一大篓字纸的妇人从他面前走过，在破草帽底下虽看不清她的脸，当她与卖酸梅汤的打招呼时，却可以理会她有满口雪白的牙齿。她背上担负得很重，甚至不能把腰挺直，只如骆驼一样，庄严地一步一步踱到自己门口。

再说到北平的交通工具，穿梭于大街上、胡同里的，也多是洋车。洋车就是人力车，这个"洋"是代表东洋日本，因为它最早是从日本传入的。洋车在胡同出入，不会碰到在胡同玩耍的孩子，跑得慢嘛！北平因为是方方正正的城，如果偶有斜巷，就会取名斜街，如杨梅竹斜街、王广福斜街、东斜街、西斜街、上斜街、下斜街、白米斜街……所以拉洋车的如果要转弯，就叫："东去！""西去！"而不是像现在所说："左转！""右转！"要下车叫停，也是吩咐"路南到了""路北下车"等语。

喜乐所画的胡同风光，是画的典型当年北平胡同和谐生活的真实情景。胡同里不管是大宅门儿、小住家儿，生活得都很安静，因为北平人的生活，步调一向不快。胡同里的宅墙，该修该补该见新的，也都年年做，所以虽属小门户，在胡同里看下去，也是整整齐齐的。

虎坊桥

常常想起虎坊大街上的那个老乞丐，也常想总有一天把他写进我的小说里。他很脏、很胖。脏，是当然的，可是胖子做了乞丐，却是在他以前和以后，我都没有见过的事；觉得和他的身份很不衬，所以才有了不可磨灭的印象吧！常在冬天的早上看见他，穿着空心大棉袄坐在我家的门前，晒着早晨的太阳在拿虱子。他的唾沫比我们多一样用处，就是食指放在舌头上舔一舔，沾了唾沫然后再去粘身上的虱子，把虱子夹在两个大拇指的指甲盖儿上挤一下，"嗒"的一声，虱子被挤破了。然后再沾唾沫，再拿虱子。听说虱子都长了尾巴了，好不恶心！

他的身旁放着一个没有盖子的砂锅，盛着乞讨来的残羹冷饭。不，饭是放在另一个地方，他还有一个黑脏油亮的帆布口袋，干的东西像饭、馒头、饺子皮什么的，都装进口袋里。他抱着一砂锅的剩汤水，仰起头来连扒带喝的，就全吃下了肚。我每看见他在吃东西，就往家里跑，我实在想呕吐了。

对了，他还有一个口袋。那里面装的是什么？是白花花的大洋钱！他拿好了虱子，吃饱了剩饭，抱着砂锅要走了，一站起身来，破棉裤腰里系着的这个口袋，往下一坠，洋钱在里面打滚儿的声音叮当响。我好奇怪，拉着宋妈的衣襟，指着那发响的口袋问：

"宋妈，他还有好多洋钱，哪儿来的？"

"哼，你以为是偷来的、抢来的吗？人家自个儿攒的。"

"自个儿攒的？你说过，要饭的人当初都是有钱的多，好吃懒做才把家当花光了，只好要饭吃。"

"是呀！可是要了饭就知道学好了，知道攒钱啦！"宋妈摆出凡事皆懂的样子回答我。

"既然是学好，为什么他不肯洗脸洗澡，拿大洋钱去做套新棉袄穿哪？"

宋妈没回答我，我还要问：

"他也还是不肯做事呀？"

"你没听说吗？要了三年饭，给皇上都不当。"

他虽然不肯做皇上，我想起来了，他倒也在那出大殡的行列里打执事赚钱呢！烂棉袄上面套着白丧褂子，从丧家走到墓地，不知道有多少里路，他又胖又老，还举着旗呀伞呀的。而且，最要紧的是他腰里还挂着一袋子洋钱哪！这一身披挂，走那么远的路，是多么的吃力呢！这就是他荡光了家产又从头学好的缘故吗？我不懂，便要发问，大人们好像也不能答复得使我满意，我就要在心里琢磨了。

家住在虎坊桥，这是一条多姿多彩的大街，每天从早到晚所看见的事事物物，使我常常琢磨的人物和事情可太多了。我的心灵，在那小小的年纪里，便充满了对人世间现实生活的怀疑、同情、不平、感慨、兴趣……种种的情绪。

如果说我后来在写作上有怎样的方向，说不定是幼年在虎坊桥居住的几年，给了我最初的对现实人生的观察和体验吧！

没有一条街包含了人生世相的这么多方面。在我幼年居住在虎坊桥的几年，正值北伐前后的年代。有一天下午，照例地，我们姊妹们洗了澡换了干净的衣服，便跟着宋妈在大门口上看热闹了。这时来了两个日本人，一个人拿着照相匣子，另一个拿着两面小旗，是青天白日旗。红黄蓝白黑五色旗刚刚成了过去。小日本儿会说日本式中国话，拿旗子的走过来笑眯眯地对我说：

"小妹妹的照相的好不好？"

我不知道这是怎么一回事，和妹妹直向后退缩。他又说：

"没有关系，照了相的我要大大的送给你的。"然后他看着我家的门牌号数，嘴里念念有词。

我看看宋妈，宋妈说话了：

"您这二位先生是——？"

"噢，我们的是日本的报馆的，没有关系，我们大大的照了相。"

　　大概看那两个人没有恶意的样子，宋妈便对我和妹妹说："要给你们照就照吧！"

　　于是我和妹妹每人手上举着一面青天白日旗，站在门前照了一张相，当时也不知道究竟是为什么要这样照。等到爸爸回家时告诉了他，他不但没有生气，反而玩笑着说：

　　"不好喽，让人照了相寄到日本去，不定是做什么用哪，怎么办？"

　　爸爸虽然玩笑着说，我的心里却是很害怕，担忧着。直到有一天，爸爸拿回来一本画报，里面全是日本字，翻开来有一页里面，我和妹妹举着旗子的照片，赫然在焉！爸爸讲给我们听，那上面说，中国街头的儿童都举着他们的新旗子。这是一本日本人印行的记我国北伐成功经过的画册。

　　对于北伐这件事，小小年纪的我，本是什么也不懂的，但是就因为住在虎坊桥这个地方，竟也无意中在脑子里印下了时代不同的感觉。北伐成功的前夕，好像曾有那么一阵紧张的日子，黄昏的虎坊桥大街上，忽然骚动起来了，听说在逮学生，而好客的爸爸，也常把家里多余的房子借给年轻的学生住，像"德先叔叔"（《城南旧事》小说里的人物）什么的，一定和那个将要迎接来的新时代有什么关系，他为了风声的关系，便在我家有了时隐时现的情形。

　　虎坊桥在北洋政府时期，是一条通往最繁华区的街道，无论到前门，到城南游艺园，到八大胡同，到天桥……都要经过这里。因此，很晚很晚，这里也还是不断车马行人。早上它也热闹，尤其到了要"出红差"的日子，老早，街上就拥着各处来看"热闹"的人。"出红差"就是要把犯人押到天桥那一带去枪毙，枪毙人怎么能叫作"看热闹"呢？但是那时人们确是把这件事当作"热闹"来看的。他们跟在载犯人的车后面，和车上的犯人互相呼应地叫喊着，不像是要去送死囚，却像是一群朋友欢送的行列。他们没有悲悯这个将死的壮汉，反而是犯人喊一声："过了十八年又是一条好汉！"群众就跟着喊一声："好！"就像是舞台上的演员唱一句，下面喊一声"好"一样。每逢早上街上拥来了人群，我们就知道有什么事了，好奇的心理也鼓动着我，躲在门洞的石墩上张望着。碰到这时候，妈妈要极力不使我们去看这种"热闹"，但是一年到头常常有，无论如何，我是看过不少了，心里也存下了许多对人与人间的疑问：为什么临死的人了，还能喊那些话？为什么大家要给他喊"好"？人群中有他的亲友吗？他们也喊"好"吗？

　　同样的情形，大的出丧，这里也几乎是必经的街道，因为有钱有势的人家死了人要出大殡，是所谓"死后哀荣"吧，所以必须选择一些大街来绕行，做一次最后的煊赫！沿街的商店有的在马路沿摆上了祭桌，披麻戴孝的孝子步行到这里，叩个头道个谢，便使这家商店感到无上的光荣似的。而看出大殡的群众，并无哀悼的意思，也是抱着看热闹的心情，流露出对死后有这样哀荣的无限羡慕的意思。而在那长长数里的行列中，有时会看见那胖子老乞丐。他默默地走着，面部没有表情，他的心中有没有在想些什么？如果他在年轻时不荡尽了那些家产，他死后何尝不可以有这份哀荣，他会不会这么想？

欺骗的玩意儿，我也在这条街上看到了。穿着蓝布大褂的那个瘦高个子，是卖假当票的。因为常常停留在我家的门前，便和宋妈很熟，并不避讳他是干什么的。宋妈真奇怪，眼看着他在欺骗那些乡下人，她也不当回事，好像是在看一场游戏似的。当有一天我知道他是怎么回事时，便忍不住了，我绷着脸瞪着眼，手叉着腰，气势汹汹地站在门口。卖假当票的竟说：

"大小姐，我们讲生意的时候，您可别说什么呀！"

"不可以！"我气到极点，发出了不平之鸣，"欺骗人是不可以的！"

我的不平的性格，好像一直到今天都还一样地存在着。其实，对所谓是非的看法，从前和现在，我也不尽相同。总之是人世相看多了，总不会不无所感。

也有最美丽的事情在虎坊桥，那便是春天的花事。常常我放学回来了，爸爸买花，整担的花挑到院子里来，爸爸在和卖花的讲价钱，爸爸原来只是要买一盆麦冬草或文竹什么的，结果一担子花都留下了。卖花的拿了钱并不掉头走，他会留下来帮着爸爸往花池或花盆里种植，也一面和爸爸谈着花的故事。我受了勤勉的爸爸影响，也帮着搬盆移土和浇水。

　　我早晨起来，喜欢看墙根下紫色的喇叭花展开了她的容颜，还有一排向日葵跟着日头转，黄昏的花池里，玉簪花清幽地排在那里，等着你去摘取。

　　虎坊桥的童年生活是丰富的，大黑门里的这个小女孩是喜欢思索的，许是这些，无形中导致了她走上以写作为快乐的路吧！

北平漫笔

秋的气味

秋天来了，很自然地想起那条街——西单牌楼。

无论从哪个方向来，到了西单牌楼，秋天，黄昏，先闻见的是街上的气味。炒栗子的香味弥漫在繁盛的行人群中，赶快朝那熟悉的地方看去，和兰号的伙计正在门前炒栗子。和兰号是卖西点的，炒栗子也并不出名，但是因为它在街的转角上，就不由得就近去买。

来一斤吧！热栗子刚炒出来，要等一等，倒在箩中筛去裹糖汁的砂子。在等待称包的时候，另有一种清香的味儿从身边飘过，原来眼前街角摆的几个水果摊子上，啊！枣、葡萄、海棠、柿子、梨、石榴……全都上市了。香味多半是梨和葡萄散发出来的。沙营的葡萄，黄而透明，一掰两截，水都不流，所以有"冰糖包"的外号。京白梨，细而嫩，一点儿渣儿都没有。"鸭儿广"柔软得赛豆腐。枣是最普通的水果，郎家园是最出名的产地，于是无枣不郎家园了。老虎眼，葫芦枣，酸枣，各有各的形状和味道。"喝了蜜的柿子"要等到冬季，秋天上市的是青皮的脆柿子，脆柿子要高桩儿的才更甜。海棠红着半个脸，石榴笑得露出一排粉红色的牙齿。这些都是秋之果。

抱着一包热栗子和一些水果，从西单向宣武门走去，想着回到家里，在窗前的方桌上，就着暮色中的一点光亮，家人围坐着剥食这些好吃的东西的快乐，脚步不由得加快了。身后响起了当当的电车声，五路车快到宣武门的终点了。过了绒线胡同，空气中又传来了烤肉的香味，是安儿胡同口儿上，那间低矮窄狭的烤肉宛上人了。

门前挂着清真的记号，他们是北平许多著名的回民馆子中的一个，秋天开始，北平就是回民馆子的天下了。矮而胖的老五，在案子上切牛羊肉；他的哥哥老大，在门口招呼座儿；他的两个身体健康、眼睛明亮、充分表现出回民青年精神的儿子，在一旁帮着和学习着剔肉和切肉的技术。炙子上烟雾弥漫，使原来就不明的灯更暗了些，但是在这间低矮、烟雾弥漫的小屋里，却另有一股温暖而亲切的感觉，使人很想进去，站在炙子边举起那两根大筷子。

老五是公平的，所以给人格外亲切的感觉。他原来只开一间包子铺，供卖附近居民和路过的劳动者一些羊肉包子。渐渐地，烤肉出了名，但他并不因此改变对主顾的态度。比如说，他们只有两个炙子，总共也不过能围上一二十人，但是一到黄昏，一批批的客人来了，坐也没地方坐，一时也轮不上吃，老五会告诉客人，再等二十几位，或者三十几位，那么客人就会到西单牌楼去绕个弯儿，再回来就差不多了。没有登记簿，他们却是丝毫不差地记住了前来后到的次序。没有争先，不可能插队，一切听凭老大的安排。他并没有因为来客是坐汽车的或是拉洋车的，而有什么区别，这就是他的公平和亲切。

一边手里切肉一边嘴里算账，是老五的本事，也是艺术。一碗肉，一碟葱，一条黄瓜，他都一一唱着钱数加上去，没有虚报，价钱公道。在那里，房子虽然狭小，却吃得舒服。老五的笑容并不多，但他给你的是诚朴的感觉，在那儿不会有吃得惹气这种事发生。

秋天在北方的故都，足以代表季节变换的气味的，就是牛羊肉的膻和炒栗子的香了！

男人之禁地

很少——简直没有——看见有男人到那种店铺去买东西的。做的是妇女的生意，可是店里的伙计全是男人。

小孩的时候，随着妈妈去的是前门外煤市街的那家，离六必居不远，冲天的招牌，写着大大的"花汉冲"的字样，名是香粉店，卖的除了妇女化妆品以外，还有全部女红所需用品。

妈妈去了，无非是买这些东西：玻璃盖方盒的月中桂香粉，天蓝色瓶子广生行双妹嘤（我一直记着这个不明字义的"嘤"字，后来才知道它是译英文"商标"Mark的广东造字）的雪花膏，猪胰子（通常是买给宋妈用的）。到了冬天，就会买几个瓯子油（以蛤蜊壳为容器的油膏），分给孩子们每人一个，有着玩具和化妆品两重意义。此外，妈妈还要买一些女红用的东西：十字绣线、绒鞋面、钩针等，这些东西男人怎么会去买呢？

妈妈不会用两根竹针织毛线，但是她很会用钩针织。她织得最多的是毛线鞋，冬天给我们织墨盒套。绣十字布也是她的拿手活儿，照着那复杂而美丽的十字花样本，数着细小的格子，一针针，一排排地绣下去。有一阵子，家里的枕头套，妈妈的钱袋，妹妹的围嘴儿，全是用十字布绣花的。

随妈妈到香粉店的时期过去了，紧接着是自己也去了。女孩子总是离不开绣花线吧！小学三年级，就有缝纫课了。记得当时男生是在一间工作室里上手工课，耍的不是锯子就是锉子；女生是到后面图书室里上缝纫课，第一次用绣线学"拉锁"，红绣线把一块白布拉得抽抽皱皱的，后来我们学做婴儿的蒲包鞋，钉上亮片，滚上细绦子，这些都要到像花汉冲这类的店去买。

花汉冲在女学生的眼里，是嫌老派了些，我们是到绒线胡同的瑞玉兴去买。瑞玉兴是西南城出名的绒线店，三间门面的楼，它的东西摩登些。

我一直是女红的喜爱者，这也许和妈妈有关系，她那些书本夹了各色丝线。端午节用丝线缠的粽子，毛线钩的各种鞋帽，使得我沉湎于精巧、色彩、种种缝纫之美里，所以养成了家事中偏爱女红甚于其他的习惯。

在瑞玉兴选择绣线是一种快乐。粗粗的日本绣线最惹人喜爱，不一定要用它，但喜欢买两支带回去。也喜欢选购一些花样儿，用誊写纸描在白府绸上，满心要绣一对枕头给自己用，但是五屉柜的抽屉里，总有半途而废的未完成的杰作。手工的制品，不是一朝一夕可以完成的，从一堆碎布、一卷纠缠不清的绣线里，也可以看出一个女孩子有没有恒心和耐性吧！我就是那种没有恒心和耐性的。每一件女红做出来，总是有缺点，比如毛衣的肩头织肥了，枕头的四角缝斜了，手套一大一小，十字布的格子数错了行，对不上花，抽纱的手绢只完成了三面，等等。

但是瑞玉兴却是个难忘的店铺，想到为了配某种颜色的丝线，伙计耐心地从楼上搬来了许多小竹帘卷的丝线，以供挑选，虽然只花两角钱买一小支，他们也会把客人送到门口，那才是没处找的耐心啊！

换取灯儿的

"换洋取灯儿啊！"

"换榧子儿呀！"

很多年来，这是个熟悉的叫唤声，它不一定是出自某一个人，叫唤声也各有不同，每天清晨在胡同里，可以看见一个穿着褴褛的老妇，背着一个筐子，举步蹒跚。冬天的情景，尤其记得清楚，她头上戴着一顶不合体的、不知从哪儿捡来的毛线帽子，手上戴着露出手指头的手套，寒风吹得她流出了一些清鼻涕。生活看来是很艰苦的。

是的，她们原是不必工作就可以食廪粟的人，今天清室没有了，一切荣华优渥的日子都像梦一样永远永远地去了，留下来的是面对着现实的生活！

像换洋取灯儿的老妇，可以说还是勇于以自己的劳力换取生活的人，她不必费很大的力气和本钱，只要每天早晨背着一个空筐子以及一些火柴、榧子儿、刨花就够了，然后她沿着小胡同这样地叫唤着。

家里的废物：烂纸、破布条、旧鞋……一切可以扔到垃圾堆里的东西，都归宋妈收起来，所以从"换洋取灯儿的"换来的东西也都归宋妈。

一堆烂纸破布，就是宋妈和换洋取灯儿的老妇争执的焦点，甚至连一盒火柴、十颗榧子儿的生意都讲不成也说不定呢！

丹凤牌的火柴，红头儿，盒外贴着砂纸，一擦就迸出火星，一盒也就值一个铜子儿。榧子儿是像桂圆核儿一样的一种植物的果实，砸碎它，泡在水里，浸出黏液，凝滞如胶。刨花是薄木片，作用和榧子儿一样，都是旧式妇女梳头时用的，等于今天妇女做发后的"喷胶水"。

这是一笔小而又小的生意，换人家里的最破最烂的小东西，来取得自己最低的生活，王孙没落，可以想见。

而归宋妈的那几颗榧子儿呢，她也当宝贝一样，家里的烂纸如果多了，她也会攒了更多的洋火和榧子儿，洋火让人捎回乡下她的家里。榧子儿装在一只妹妹的洋袜子里（另一只一定是破得不能再缝了，换了榧子儿）。

宋妈是个干净利落的人，她每天早晨起来把头梳得又光又亮，抹上了泡好的刨花或榧子儿，胶住了，做一天事也不会散落下来。

火柴的名字，那古老的城里，很多很多年来，都是被称作"洋取灯儿"，好像到了今天，我都没有改过口来。

"换洋取灯儿的"老妇人，大概只有一个命运最好的，很小就听说，四大名旦尚小云的母亲是"换洋取灯儿的"。有一年，尚小云的母亲死了，出殡时沿途许多人围观，我们住在附近，得见这位老妇人的死后哀荣。在舞台上婀娜多姿的尚小云，丧服上是一个连片胡子的脸，胡同里的人都指点着说，那是一个怎样的孝子，并且说那死者是一个怎样出身的有福的老太太。

在小说里，也读过唯有的一篇描写一个这样女人的恋爱故事，记得是许地山写的《春桃》，希望我没有记错。

看华表

不知为什么，每次经过天安门前的华表时，从来不肯放过它，总要看一看。如果正挤在电车里经过（记得吧，三路和五路都打这里经过），也要从人缝里向车窗外追着看；坐着洋车经过，更要仰起头来，转着脖子，远看，近看，回头看，一直到看不见为止。

假使是在华表前的石板路上散步（多么平坦、宽大、洁净的石板），到了华表前，一定会放慢了步子，流连鉴赏。从华表的下面向上望去，便体会到"一柱擎天"的伟观。啊！无云的碧空，衬着雕琢细致、比例匀称的白玉石的华表，正是自然美和人工美的伟大的结合。它的背后衬的是朱红色的天安门的墙，这一幅图，布局的美丽，颜色的鲜明，印在脑中，是不会消失的。

有趣的是，夏天的黄昏，华表下面的石座上，成为纳凉人的最理想的地方。石座光滑洁净，坐上去，想必是凉飕飕的十分舒服。地方高敞，赏鉴过往漂亮的男女（许多是去游附近的中山公园），像在体育场的贵宾席上一样。华表旁，有一排马缨花，它的甜香随着清风扑鼻而来，更是一种享受。

我爱看华表，和它的所在地也很有关系，因为天安门不但是北平（北京）的市中心，而且正是通往东西南城的要衢。往返东西城时，到了天安门就会感觉到离目的地不远了。往南去前门，正好从华表左面不远转向公安街去。庄严美丽的华表站在这里，正像是一座里程碑，它告诉你，无论到什么地方，都不远了。

说它是里程碑，也许不算错，古时的华表，原是木制的，它又名"表木"，是以表王者纳谏，亦以表识衢路，正是一个有意义的象征啊！

蓝布褂儿

竹布褂儿，黑裙子，北平的女学生。

一位在南方生长的画家，有一年初次到北平。住了几天之后，他说，在上海住了这许多年，画了这许多年，他不喜欢一切蓝颜色的布。但是这次到了北平，竟一下子改变了他的看法，蓝色的布是那么可爱，北平满街骑车的女学生，穿了各种蓝色的制服，是那么可爱！

刚一上中学时，最高兴的是换上了中学女生的制服，夏天的竹布褂，是月白色——极浅极浅的蓝，烫得平平整整；下面是一条短齐膝盖头的印度绸的黑裙子，长筒麻纱袜子，配上一双刷得一干二净的篮球鞋。用的不是手提的书包，而是把一叠书用一条捆书带捆起来。短头发，斜分，少的一边撩在耳朵后，多的一边让它半垂在鬓边，快盖住半只眼睛了。三五成群，或骑车或走路。哪条街上有个女子中学，那条街就显得活泼和快乐，那是女学生的青春气息烘托出来的。

北平女学生冬天穿长棉袍，外面要罩一件蓝布大褂，这回是深蓝色。谁穿新大褂每人要过来打三下，这是规矩。但是那洗得起了白碴儿的旧衣服也很好，因为它们是老伙伴，穿着也合身。记得要上体育课的日子吗？棉袍下面露出半截白色剔绒的长运动裤来，实在是很难看，但是因为人人这么穿，也就不觉得丑了。

　　阴丹士林布出世以后，女学生更是如狂地喜爱它。阴丹士林本是人造染料的一种名称，原有各种颜色，但是人们嘴里常常说的"阴丹士林色"多是指的青蓝色。它的颜色比其他布更为鲜亮，穿一件阴丹士林大褂，令人觉得特别干净、平整。比深蓝浅些的"毛蓝"色，我最喜欢，夏秋或春夏之交，总是穿这个颜色的。

　　事实上，蓝布是淳朴的北方服装特色。在北平住的人，不分年龄、性别、职业、阶级，一年四季每人都有几件蓝布服装。爷爷穿着缎面的灰鼠皮袍，外面罩着蓝布大褂；妈妈的绸里绸面的丝棉袍外面，罩的是蓝布大褂；店铺柜台里的掌柜的，穿的布棉袍外面，罩的也是蓝布大褂，头上还扣着瓜皮小帽；教授穿的蓝布大褂的大襟上，多插了一支自来水笔，头上是藏青色法国小帽，学术气质！

　　阴丹士林布做成的衣服，洗几次之后，缝线就变成很明显的白色了，那是因为阴丹士林布不褪色而线褪色的缘故。这可以证明衣料确是阴丹士林布，但却不知为什么一直没有阴丹士林线，忽然想起守着窗前方桌上缝衣服的大姑娘来了。一次订婚失败而终身未嫁的大姑娘，便给人缝衣服，靠微薄的收入，养活自己和妈妈。我们家姊妹多，到了秋深添制衣服的时候，妈妈总是买来大量的阴丹士林布，宋妈和妈妈两人做不来，总要叫我去把大姑娘找来。到了大姑娘家，大姑娘正守着窗儿缝衣服，她的老妈妈驼着背，咳嗽着，在屋里的小煤球炉上烙饼呢！

　　大姑娘到了我家里，总要待一下午，妈妈和她商量裁剪，因为孩子们是一年年地长高了。然后她抱着一大包裁好了的衣服回去赶做。

那年离开北平经过上海，住在娴的家里等船。有一天上街买东西，我习惯地穿着蓝布大褂，但是她却教我换一件呢旗袍，因为穿了蓝布大褂上街买东西，会受店员歧视。在"只认衣裳不认人"的洋场，"自取其辱"是没人同情的啊！

排队的小演员

听复兴剧校叶复润的戏，身旁有人告诉我，当年富连成科班里也找不出一个像叶复润这样，小小年纪便有这样成就的小老生。听说叶复润只有十四足岁，但无论是唱功还是做派，都超越了一般"小孩戏剧家"的成绩。但是在那一群孩子里，他却显得特别瘦弱、娇小。固然唱老生的外形要"清癯"才有味道，但是对于一个正在发育期的小孩子，毕竟是不健康的。剧校当局是不是注意到每一个发育期的孩子的健康呢？

这使我不由得想起当年家住在虎坊桥大街上的情景。

虎坊桥大街是南城一条重要的大街，尤其在迁都南京前的北京，它更是通往许多繁荣地区的必经之路。幼年幸运地曾在这条街上住了几年，也是家里最热闹的时期。这条大街上有小学、会馆、理发馆、药铺、棺材铺、印书馆，还有一个造就了无数京剧人才的富连成科班。

富连成在我家对面只再往西几步的一个大门里。每天晚饭前后的时候，他们要到前门外的广和楼去唱戏。坐科的孩子按高矮排队，领头儿的是位最高的大师兄，他是个唱花脸的，头上剃着月亮门儿。夏天，他们都穿着月白竹布大褂儿，老肥老肥的，袖子大概要比手长出半尺多。天冷加上件黑马褂儿，仍然是老肥老肥的，袖子比手长出半尺多！

他们出了大门向东走几步，就该穿过马路，而正好就经过我家门前。看起来，一个个是呆板的、迟钝的、麻木的，谁又想到他们到了台上就能演出那样灵活、美丽、勇武的角色呢！

那时的富连成在广和楼演出，这是一家女性不能进去的戏院，而我那时跟着大人们听戏的区域是城南游艺园，或者开明戏院，第一舞台。很早就对于富连成有印象，实在是看他们每天由我家门前经过的关系。等到后来富连成风靡了北平的男女学生，我也不免想到，在那一队我幼年所见到的可怜的孩子群里，不就有李盛藻吗？刘盛莲吗？杨盛春吗？

富连成是以严厉出名的，但是等到以新式学校制度的戏曲学校出现以后，富连成虽仍以旧式教育出名，但是有些地方也不能不改进了。戏曲学校用大汽车接送学生到戏院以后，富连成的排队步行也就不复再见了。否则的话，学生戏迷们岂不要每天跟着他们的队伍到戏院去？

而我们那时也搬离虎坊桥，城南游艺园成了屠宰场，我们听戏的区域也转移到哈尔飞、吉祥，以及长安和新新等戏院了。

陈谷子、烂芝麻

如姐来了电话，她笑说："怎么，又写北平啊！陈谷子、烂芝麻全掏出来啦！连换洋取灯儿的都写呀！除了我，别人看吗？"

我漫写北平，是因为多么想念她，写一写我对那地方的情感，情感发泄在格子稿纸上，苦思的心情就会好些。它不是写要负责的考据或掌故，因此我敢"大胆地假设"。比如我说花汉冲在煤市街，就有细心的读者给了我"小心的求证"，他画了一张地图，红蓝分明地指示给我说，花汉冲是在煤市街隔一条街的珠宝市，并且画了花汉冲的左邻谦祥益布店，右邻九华金店。如姐，谁说没有读者呢？不过读者并不是欣赏我的小文，而是借此也勾起他们的乡思罢了！

很巧的，我向一位老先生请教一些北平的事情时，他回信来说："早知道这些陈谷子、烂芝麻是有用的话，那咱们多带几本这一类的图书，该是多么好呢？"

原来我所写的，数来数去，全是陈谷子、烂芝麻呀！但是我是多么喜欢这些呢！

陈谷子、烂芝麻，是北平人说话的形容语汇，比如闲话家常，提起早年旧事，最后总不免要说："唉！左不是陈谷子、烂芝麻！"言其陈旧和琐碎。

真正北平味道的谈话，加入一些现成的形容语汇，非常合适和俏皮，这是北平话除了发音正确以外的另一个特点，我最喜欢听。想象那形容的巧妙，真是可爱，这种形容语汇，很多是用"歇后语"说出来，但是像"陈谷子、烂芝麻"便是直接的形容语，不用歇后语的。

做事故意拖延迟滞，北平人用"蹭棱子"来形容，蹭是摩擦，棱是物之棱角。比如妈妈嘱咐孩子去做一件事，孩子不愿意去，却不明说，只是拖延，妈妈看出来了，就可以责备说："你倒是去不去？别在这儿尽跟我蹭棱子！"

或者做事痛快的某甲对某乙说："要去咱们就痛痛快快儿地去，我可不喜欢蹭棱子！"

听一个说话没有条理的人述说一件事的时候，他反复地说来说去时，便想起这句北平话：

"车轱辘话——来回地说。"

轱辘是车轮。那车轮轧来轧去，地上显出重复的痕迹，一个人说话翻来覆去，不正是那个样子吗？但是它也运用在形容一个人在某甲和某乙间说一件事，口气反复不明。如："您瞧，他跟您那么说，跟我可这么说！反正车轱辘话，来回说吧！"

负债很多的人，北平人喜欢这样形容："我该了一屁股两肋的债呀！"

我每逢听到这样形容时，便想象那人债务缠身的痛苦和他焦急的样子。一屁股两肋,不知会说俏皮话儿的北平人是怎么琢磨出来的,而为什么这样形容时,就会使人想到债务之多呢?

文津街

常自夸说,在北平,我闭着眼都能走回家,其实,手边没有一张北平市区图,有些原来熟悉的街道和胡同,竟也连不起来了。只是走过那些街道所引起的情绪,却是不容易忘记的。就说,冬日雪后初晴,路过驾在北海和中海的金鳌玉蝀桥吧,看雪盖满在桥两边的冰面上,一片白,闪着太阳的微微的金光,漪澜堂到五龙亭的冰面上,正有人穿着冰鞋滑过去,飘逸优美的姿态,年轻同伴的朝气和快乐,觉得虽在冬日,也因这幅雪漫冰面的风景,不由得引发起我活跃的心情,赶快回家去,取了冰鞋也来滑一会儿!

在北平的市街里,很喜欢傍着旧紫禁城一带的地方,蔚蓝晴朗的天空下,看朱红的墙,因为唯有在这一带才看得见。家住在南长街的几年,出门时无论是要到东、西、南、北城去,都会看见这样朱红的墙。要到东北的方向去,洋车就会经过北长街转向东去,到了文津街了,故宫的后门,对着景山的前门,是一条皇宫的街,总是静静的,没有车马喧哗,引发起的是思古之幽情。

景山俗称"煤山",是在神武门外旧宫城的背面,很少有人到这里来逛,人们都涌到附近的北海去了。就像在中山公园隔壁的太庙一样,黄昏时,人们都挤进中山公园乘凉,太庙冷清清的;只有几个不嫌寂寞的人，才到太庙的参天古松下品茗，或者静默地观看那几只灰鹤（人们都挤在中山公园里看孔雀开屏了）。

景山也实在没有什么可"逛"的，山有五峰，峰各有亭，站在中峰上，可以看故宫平面图，倒是有趣的，古建筑很整齐庄严，四个角楼，静静地站在暮霭中，皇帝没有了，他的卧室，他的书房，他的一切，凭块儿八毛的门票就可以一览无遗了。

做小学生的时候，高年级的旅行，可以远到西山八大处，低年级的就在城里转，景山是目标之一，很小很小的时候，就年年一次排队到景山去，站在刚上山坡的那棵不算高大的树下，听老师讲解：一个明朝末年的皇帝——思宗，他殉国死在这棵树上。怎么死的？上吊。啊！一个皇帝上吊了！小学生把这件事紧紧地记在心中。后来每逢过文津街，便兴起那思古的幽情，恐怕和幼小心灵中所刻印下来的那几次历史凭吊，很有关系吧！

挤老米

读了朱介凡先生的《晒暖》，说到北方话的"晒老爷儿""挤老米"，又使我回了一次冬日北方的童年。

冬天在北方，并不一定是冷得让人就想在屋里烤火炉。天晴，早上的太阳先晒到墙边，再普照大地，不由得就想离开火炉，还是去接受大自然所给予的温暖吧！

通常是墙角边摆着几个小板凳，坐着弟弟妹妹们，穿着外罩蓝布大褂的棉袍，打着皮包头的毛窝，宋妈在哄他们玩儿。她手里不闲着，不是搓麻绳纳鞋底（想起她那针锥子要扎进鞋底子以前，先在头发里划两下的姿态来了），就是缝骆驼鞍儿的鞋帮子。不知怎么，在北方，妇女有做不完的针线活儿，无分冬夏。

离开了北平，无论到什么地方，都莫辨东西，因为我习惯的是古老方正的北平城，她的方向正确，老爷儿（就是太阳）早上是正正地从每家的西墙照起，玻璃窗四边，还有一圈窗户格，糊的是东昌纸，太阳的光线和暖意都可以透进屋里来。在满窗朝日的方桌前，看着妈妈照镜子梳头，把刨花的胶液用小刷子抿到她的光洁的头发上。小几上的水仙花也被太阳照到了。它就要在年前年后开放的。长方形的水仙花盆里，水中透出雨花台的各色晶莹的彩石来。或者，喜欢摆弄植物的爸爸，他在冬日，用一只清洁的浅瓷盆，铺上一层棉花和水，撒上一些麦粒，每天在阳光照射下，看它渐渐发芽苗长，生出翠绿秀丽的青苗来，也是冬日屋中玩赏的乐趣。

孩子们的生活当然大部分是在学校。小学生很少烤火炉（中学女学生最爱烤火炉），下课休息十分钟都跑到教室外，操场上。男孩子便成群地拥到有太阳照着的墙边去挤老米，他们挤来挤去，嘴里大声喊着：

挤呀，挤呀！

挤老米呀！

挤出屎来喂喂你呀!

这样又粗又脏的话,女孩子是不肯随便乱喊的。

直到上课铃响了,大家才从墙边撤退,他们已经是浑身暖和,不但一点寒意都没有了,摘下来毛线帽子,光头上也许还冒着白色的热气儿呢!

卖冻儿

如果说北平样样我都喜欢,并不尽然。在这冬寒天气,不由得想起了很早便进入我的记忆中的一种人物,因为这种人物并非偶然见到的,而是很久以来就有的,便是北平的一些乞丐。

回忆应当是些美好的事情,乞丐未免令人扫兴,然而他毕竟是在我生活中所常见到的人物,也因为那些人物,曾给了我某些想法。

记得有一篇西洋小说,描写一个贫苦的小孩子,因为母亲害病不能工作,他便出来乞讨,当他向过路人讲出原委的时候,路人不信,他便带着人到他家里去看看,路人一见果然母病在床,便慷慨解囊了。小孩子的母亲从此便"弄真成假",天天假病在床,叫小孩子到路上去带人回来"参观"。这是以小孩和病来骗取人类同情心的故事。这种事情什么时候、什么地方都可以发生的,像在台北街头,妇人教小孩缠住路人买奖券,便是类似的作风。这些使我想起北平一种名为"卖冻儿"的乞丐。

冬寒腊月，天气冷得泼水成冰，"卖冻儿"的（都是男乞丐）出世了，蓬着头发，一脸一身的滋泥儿，光着两条腿，在膝盖的地方，捆上一圈戏报子纸。身上也一样，光着脊梁，裹着一层戏报子纸，外面再披上一两块破麻包。然后，缩着脖子，哆里哆嗦的，牙打着战儿，逢人伸出手来乞讨，以寒冷无衣来博取人的同情与施舍。然而在记忆中，我从小便害怕看那样子，不但不能引起我的同情，反而是憎恶。这种乞丐便名为"卖冻儿"。

最讨厌的是宋妈，我如果爱美不肯多穿衣服，她便要讽刺我：

"你这是干吗？卖冻儿呀？还不穿衣服去！"

"卖冻儿"由于一种乞丐的类型，而成了一句北平通用的俏皮话儿了。

卖冻儿的身上裹的戏报子纸，都是从公共广告牌上揭下来的，各戏院子的戏报子，通常都是用白纸红绿墨写成的，每天贴上一张，过些日子，也相当厚了，揭下来，裹在腿上身上，据说也有保温作用。

至于拿着一把破布掸子在人身上乱掸一阵的乞妇，名"掸孙儿"；以砖击胸行乞的，名为"擂砖"，这等等类型乞丐，我记忆虽清晰，可也是属于陈谷子、烂芝麻，说多了未免令人扫兴，还是不去回忆他们吧！

台上、台下

礼拜六的下午，我常常被大人带到城南游艺园去。门票只要两毛（我是挤在大人的腋下进去的，不要票）。进去就可以有无数的玩处，唱京戏的大戏场，当然是最主要的，可是那里的文明戏，也一样的使我发生兴趣，小鸣钟，张笑影的《铜碗丁》《春阿氏》，都是我喜爱看的戏。

文明戏场的对面，仿佛就是魔术场，看着穿燕尾服的变戏法儿的，随着音乐的旋律走着一颠一跳前进后退的特殊台步，一面从空空的大礼帽中掏出那么多的东西：花手绢、万国旗、面包、活兔子、金鱼缸，这时乐声大奏，掌声四起，在我小小心灵中，只感到无限的愉悦！觉得世界真可爱，无中生有的东西这么多！

我从小就是一个喜欢找新鲜刺激的孩子，喜欢在平凡的事物中给自己找一些思想的娱乐，所以，在那样大的一个城南游艺园里，不光是听听戏，社会众生相，也都可以在这天地里看到：美丽、享受、欺骗、势利、罪恶……但是在一个无忧无虑的小女孩的观感中，她又能体会到什么呢？

有些事物，在我的记忆中，是清晰得如在目前一样，在大戏场的木板屏风后面的角落里，茶房正从一大盆滚烫的开水里，拧起一大把毛巾，送到客座上来。当戏台上是不重要的过场时，茶房便要表演"扔手巾把儿"的绝技了，楼下的茶房，站在观众群中惹人注目的地位，把一大捆热手巾，忽一下子，扔给楼上的茶房，或者是由后座扔到前座去，客人擦过脸收集了再扔下来，扔回去。这样扔来扔去，万无一失，也能博得满堂喝彩，观众中会冒出一嗓子："好手巾把儿！"

但是观众与茶房之间的纠纷，恐怕每天每场都不可免，而且也真乱哄。当那位女茶房硬把果碟摆上来，而我们硬不要的时候，真是一场无味的争执。茶房看见客人带了小孩子，更不肯把果碟拿走了。可不是，我轻轻地，偷偷地，把一颗糖花生放进嘴吃，再来一颗，再来一颗，再来一颗，等到大人发现时，去了大半碟儿了，这时不买也得买了。

茶，在这种场合里也很要紧。要了一壶茶的大老爷，可神气了，总得发发威风，茶壶盖儿敲得呱呱作响，为的是茶房来迟了，大爷没热茶喝，回头怎么捧角儿喊好儿呢！包厢里的老爷们发起脾气来更有劲儿，他们把茶壶扔飞出去，茶房还得过来赔不是。那时的社会，卑贱与尊贵，是强烈地对比着。

在那样的环境里：台上锣鼓喧天，上场门和下场门都站满了不相干的人，饮场的，检场的，打煤气灯的，换广告的，在演员中穿来穿去。台下则是烟雾弥漫，扔手巾把儿的，要茶钱的，卖玉兰花的，飞茶壶的，怪声叫好的，呼儿唤女的，乱成一片。我却在这乱哄哄的场面下，悠然自得。我觉得在我的周围，是这么热闹，这么自由自在。

一张地图

瑞君、亦穆夫妇老远地跑来了，一进门瑞君就快乐而兴奋地说：

"猜，给你带什么来了？"

一边说着，她打开了手提包。

我无从猜起，她已经把一叠纸拿出来了：

"喏！"她递给了我。

打开来，啊！一张崭新的北平全图！

"希望你看了图，能把文津街、景山前街连起来，把东西南北方向也弄清楚。"

"已经有细心的读者告诉我了，"我惭愧（但这个惭愧是快乐的）地说，"并且使我在回忆中去了一次北平图书馆和北海前面的团城。"

在灯下，我们几个头便挤在这张地图上，指着，说着。熟悉的地方，无边的回忆。

"喏，"瑞妹说，"曾在黄化门住很多年，北城的地理我才熟。"

于是她说起黄化门离帘子库很近，她每天上学坐洋车，都是坐停在帘子库的老尹的洋车。老尹当初是前清帘子库的总管，现在可在帘子库门口拉洋车。她们坐他的车，总喜欢问他哪一个门是当初的帘子库，皇宫里每年要用多少帘子？怎么个收藏法？他也得意地说给她们听，温习着他那些一去不回的老日子。

在北平，残留下来的这样的人物和故事，不知有多少。我也想起在我曾工作过的大学里的一个人物。校园后的花房里，住着一个"花儿把式"（新名词：园丁。说俗点儿：花儿匠），他整日与花为伍，花是他的生命。据说他原是清皇室的一位公子哥儿，生平就爱养花，不想民国后，面对现实生活，他落魄得没办法，最后在大学里找到一个园丁的工作，总算是花儿给了他求生的路子，虽说惨，却也有些诗意。

整个晚上，我们凭着一张地图都在说北平。客人走后，家人睡了，我又独自展开了地图，细细地看着每条街，每条胡同，回忆是无法记出详细年月的，常常会由一条小胡同、一个不相干的感触，把思路牵回到自己的童年，想起我的住室、我的小床、我的玩具和伴侣……一环跟着一环，故事既无关系，年月也不衔接，思想就是这么个奇妙的东西。

第二天晏起了，原来就容易发疼的眼睛，因为看太久那细小的地图上的字，就更疼了！

苦念北平

不能忘怀的北平！那里我住得太久了，像树生了根一样。童年、少女和妇人，一生的一半生命都在那里度过。快乐与悲哀，欢笑和哭泣，那个古城曾倾泻我所有的感情，春来秋往，我是如何熟悉那里的季节啊！

春光明媚，一骑小驴，把我们带到西山，从香山双清别墅的后面绕出去，往上爬，大家在打赌，能不能爬上"鬼见愁"的那个山头！我常常念叨"鬼见愁"那块地方，可是我从来也不知道它究竟在哪里。

春天的下午，有时风沙也很大，风是从哪儿吹来的呢？从蒙古那边吹来的吗？从居庸关外那边吹来的吗？春风发狂，把细沙送进了你的眼睛、鼻子和嘴里。出一趟门，赶上风，回来后，上牙打打下牙试试，咯咯吱吱的，全是沙子，真是牙碜。"牙碜"是北平俗话，它常被用在人们的谈话里。比如说：

"瞧，我这两天碰的事儿都别扭，真是，喝凉水都牙碜！"——比喻事不顺心。

"大姑娘哪兴这么说话，也不嫌牙碜！"——比喻言语粗鄙。

"别用手指甲划玻璃好不好，声儿听着牙碜！"——形容令人起寒战的感觉。

"这饭怎么吃着这么牙碜！掺了沙子啦！"——形容咀嚼不适的感觉。

春天看芍药牡丹，是富贵花。中山公园的花事，先是芍药，一池一畦地开，跟着就是牡丹。灯下看牡丹，像灯下观美人一样，可以细细地品赏，或者花前凝望。一株牡丹一个样儿，一个名儿，什么"粉面金刚""二乔""金盆落月"。牡丹都是土栽，不是盆栽，是露天的，春天无雨不怕，就是怕春风。有时一夜狂风肆虐，把牡丹糟蹋得不成样子。几阵狂风就扫尽了春意，寻春莫迟，春在北平是这样的短促呀！

许多夏季的黄昏，我们都在太庙静穆的松林下消磨，听夏蝉长鸣，懒洋洋地倒在藤椅里。享受安静，并不要多说话，仰望松林上的天空，只要清淡地喝几口香片茶。各人拿一本心爱的书看吧，或者起来走走，去看看那几只随着季节而来的灰鹤。不是故意到太庙来充文雅，实在是比邻中山公园的情调，有时太嫌热闹了，偶然也要躲在太庙里享受清福。但是太庙早早就要关门了，阵地不得不转移到中山公园去，那里有同样的松林、同样的茶座，可以坐到很久，一直到繁星满天，茶房收拾桌椅，我们才做最后离园的客人。

最不能忘怀的是"说时迟，那时快"的暴雨。西北的天空忽然乌云密布，一阵骤雨洗净了世间的污浊，有时不到一小时的工夫，太阳又出来了，土的气息被太阳蒸发出来，那种味道至今还感到熟悉和亲切。我喜欢看雨后的红墙和黄绿琉璃瓦，雨后赶到北海划小船最惬意。转过了北池子，经过景山前的文津街，是到北海的必经之路。文津街是北平城里我最喜爱的一条路，走过那里，令人顿生怀古幽情。

北平的春天，虽然稍纵即逝，秋日却长，从树叶转黄，到水面结冰，都是秋的领域。秋的第一个消息，就是水果上市。水果的种类比号称"果之王国"的台湾并不逊色，且犹有过之。比如枣，像这里的桂圆一样普遍，但是花样却多，郎家园、老虎眼、葫芦枣、酸枣，各有各的形状和味道，却不是单调的桂圆可以比的了。沙营的葡萄，黄而透明，一掰两截，水都不流，才有"冰糖包"的外号。京白梨，细而无渣。鸭儿广，赛豆腐。秋海棠红着半个脸，石榴笑得合不上嘴。它们都是秋之果。

北平的水果贩最会吆唤，你看他放下担子，一手叉腰，一手捂着耳朵，仰起头来便是一长串的吆唤。婉转的吆唤声里，包括名称、产地、味道、价格，真是意味深长。

西来顺门前，如果摆出那两面大镜子的招牌——用红漆一面写着"涮"，一面写着"烤"，便告诉人，秋来了。从那时起，口外的羊，一天不知要运来多少只，才供得上北平人的馋嘴咧！

北平的秋天，说是秋风萧瑟，未免太凄凉！如果走到熙熙攘攘的西单牌楼，远远地就闻见炒栗子香。向南移步要出宣武门的话，一路上是烤肉香。到了宛老五的门前，不由得你闻香下马。胖胖的老五，早就堵着房门告诉你："还要等四十多人哪！"羊肉的膻，栗子的香，在我的回忆中，是最足以代表北平季节变换的气味了！

每年的秋天，都要有几次郊游，觅秋的先知先觉者，大半是青年学生，他们带来西山红叶已红透的消息，我们便计划前往。星期天，海淀道上寻秋的人络绎于途。带几片红叶夹在书里，好像成了习惯。看红叶，听松涛，或者把牛肉带到山上去，吃真正的松枝烤肉吧！

结束这一年最后一次的郊游，秋更深了。年轻人又去试探北海漪澜堂阴暗处的冰冻了。如履薄冰吗？不，可以溜喽！于是我们从床底下捡出休息了一年的冰鞋，掸去灰尘，擦亮它，静待生火出发，这时洋炉子已经装上了。秋走远了。

这时，正是北平的初冬，围炉夜话，窗外也许下着鹅毛大雪。买一个赛梨的萝卜来消夜吧。"心里美"是一种绿皮红瓤的，清脆可口。有时炉火将尽，夜已深沉，胡同里传出盲者凄凉的笛声。把毛毯裹住腿，呵笔为文，是常有的事。

离开北平的那年，曾赶上最后一次"看红叶"，冰鞋来不及捡出，我便离开她了。飞机到了上空，曾在方方的古城绕个圈，协和医院的绿琉璃瓦给了我难忘的最后一瞥，我的心颤抖着，是一种离开多年抚育的乳娘的滋味。

这一切，在这里何处去寻呢？像今夜细雨滴答，更增我苦念北平。不过，今年北平虽然风云依然，景物还在，可是还有几人能有闲情对景述怀呢！

爱玉冰

　　长夏的台湾，冷食店和冷食摊，很早就开始活跃了。冰砖冰糕固然是冷饮中的"前进者"，可是具有台湾乡土风味的冷食物却也不少。台湾的劳动阶级，仍然是对本乡本土的冷食感兴趣，因为他们认为只有这类的冷饮，才真正使人喝下去以后，感到内心的清凉，而且价格便宜也是主要原因之一。

　　在许多乡土冷饮中，最叫座儿的应当是"爱玉冰"，它是一种冻子，加入甜汁喝，每碗只要一毛钱。爱玉冰是热天的"马路天使"，但却难登大雅之堂。

　　爱玉冰的原料是一种植物叫作爱玉子的，不过它还有许多别名，如"玉枳""草枳子"，台北大半叫它做"澳浇"，但是"爱玉冰"三个字好像更能引起人们的美感。它是在山里不用种植的野生蔓，从大树根或岩石角绕着长上去，结着好像无花果样的果实，就是爱玉子。把果实的外皮削开，附在皮里有一种粉样的微粒，就把这种东西用布包，在水里揉它，从布里挤出来是油滑的黏液，过半小时就会结成半透明的黄色冻子了。

每年八月到十一月是它的成熟季。采爱玉子也是乡人的职业，这种工作并不是很简单，而是艰苦危险的。因为爱玉子是附生在一千公尺以上的山中，缠在木或者岩角上，割取它当然不是容易的。

关于爱玉子还有一段民间史话：

一个从山中过路的人，因为口渴想在路旁的小溪里取一点溪水喝，但奇怪的是溪水不知为什么会结成冻子了，他后来发现，是溪旁树上生的一种植物的果实，裂开后落在水里所致。于是他发明了这种冷饮品，就做起生意来。他有一个美丽的女儿叫作爱玉子，帮他做生意，大家总喜欢说："到爱玉子那儿吃去。"于是无以为名，就名之为"爱玉子"了。

竹

　　竹在台湾人生活上的价值，是无法估计的。竹的全部，利用在
台湾人生活的全部上，包括衣、食、住。

　　鲜的笋，在台湾一年四季都可以吃到。笋的种类也随着竹的种
类而有不同。这些日子在台北可以吃到的是细长如竿的桂竹笋，上
面有紫色的斑纹，这种笋常常也被剥去笋皮煮成酸笋来卖，用它和
酸菜与肉红烧，味鲜美，是台湾烹调之一。桂竹多生在中北部海拔
三千尺的地方。它在工艺上也有很多的用途。

　　刺竹笋就是皮叶上有棕色毛刺的那种。刺竹在治安上很有用，
田家喜欢种它做围墙，因为刺竹性质非常强硬。竹林密生，用它防
风最好。做柱做担棒都是用刺竹，粗壮的还可以做水筒。另外像烟
管、乐器也都是用刺竹，不过刺竹笋的味道却平淡无奇。

　　麻竹笋是笋中之王，一个麻竹笋往往有十几斤重，盛产的时候
价钱很便宜。麻竹，笋既大，竹当然也是最高大的，它的高度可以
到二三十公尺不稀奇，生长在台湾的平地上。它是渔家用来做竹筏

最好的材料，其他像汲桶、桌椅等家具，也都是用麻竹来做的。

绿竹在竹中最富风姿，人家庭院里都喜欢种植绿竹，它细竿玲珑，颜色很美。绿竹笋的笋皮略带绿色，味道也很鲜美。

每年到八月，麻竹笋盛产的季节，台湾人还要制作许多笋干。在竹林中盖起笋寮，把要制笋干的笋搬在竹寮里保存。笋干的制法是把笋去掉硬的部分，切成薄片，放在锅里煮一小时，然后放入大笼里，上面用重石压榨，水分就会从笼孔漏出去。白天放在阳光下干燥，夜晚抬进竹寮收藏，干了以后就成黄褐色的酸性的笋干。客家人擅制笋干，它也外销到日本、南洋诸地。

竹可制作的东西太多了，大到盖房，小到做线香的芯棒。有一部分销到美国去做钓鱼竿。竹叶做成的笠帽，防雨又抗日。

台湾民俗杂辑

关于植物的

一年到头"拜拜"的台湾人的供桌上，有几样东西是不许摆上去的。果物中最普遍的那拔（俗名"拔仔"）就是其中之一。因为拔仔生长很容易，它的种籽在粪中也能够生长。人们吃拔仔总是连籽一起吃下，整吃整拉，排泄出来的拔仔籽，在人粪里就可以发芽，为了这样不清洁的缘故，它是没有资格上供桌的。

还有冬瓜也不许上供桌，台湾的冬瓜又大又长，看去像人的身体一样。还有匏（葫芦的一种，可以吃，老了以后可以做瓢）也像人头一样，都是不许上供桌的。但是芋头却是供桌上必备的供物，因为台湾读芋和兴旺的"旺"音近，取其吉利。

这两年出尽了风头的"月下美人"，传说种植在娼楼妓馆的比较茂盛，正经人家养的就差得多。好像美人多薄命，同病相怜的缘故吧。

有两种植物种植在人家据说是不幸，就是榕树和莲雾（一种美丽的水果）。莲雾也是野生才好，如果移植到家里来就会带来不幸。

笔者曾在《台湾的香花》里写过鸡爪兰花。这种花大都是在四月盛开，妇女喜欢摘下插发。这种花俗名叫"爱困花"，因为它插到头上去就会萎软下来，所以起了这个名儿。

冬荷菜，台湾的俗名叫做"打某菜"，翻成国语就是"打太太的菜"。因为这种菜生的时候看起来一大堆，等到煮熟就剩了一点点。据说有一个喜欢吃冬荷菜的吝啬丈夫，每次回来吃饭，看见原是一大篮的菜，炒出来竟是一点点，以为是太太偷吃了，就屡次为这打她。所以冬荷菜就有了"打某菜"的绰号。

冬生娘仔

从前台湾的女孩子到了十几岁，喜欢做一种小布人，管它叫作"冬生娘仔"。做法是很简单的，用线香棒绑成一个十字形，就是冬生娘仔的骨架，它小如手掌。给它穿上短衣和裤，上面再做一个头，描上五官，脚是缠足型的，所以做上弓鞋，不过冬生娘仔只有一只脚，传说她的嫂子很厉害，曾打断了她一只脚。也许因为双足不好做，所以给她按上一个厉害的嫂子。

冬生娘仔在福建民间也流行，神话的传说是：从前有一家阔人，生了一个女儿，因为是冬天生的，所以起名叫"冬生"。冬生娘仔是花神转世，她在天上犯了罪，被玉皇大帝罚她到尘世走了一趟。所以冬生娘仔聪明、美丽，尤其擅长刺绣，无怪女孩子们都要崇拜她。

冬生娘仔从小就喜欢刺绣，她曾发过誓，要绣百花开的样式，结果真让她绣成功了。但是只有九十九种，原来所差的一种是杨梅花。杨梅花是要在午夜才开放的，而且一瞬之间就谢了，所以冬生娘仔永远遇不到杨梅花开。有一年的七夕，家家的女孩子都在做七巧会，冬生娘仔却独自徘徊杨梅树下，静等着花开。但是她不知道在什么时候睡着了。等到一觉醒来，十二点已经过去，杨梅花又开过了。冬生娘仔不禁又悔又恨。那时在她眼前有许多萤火虫飞来飞去，她在无聊间就拿起小绢扇向萤火虫打去。萤火虫越飞越高，她的轻飘飘的身体也跟着上下前后地打去。追来追去，她的身体太疲倦了，这时不知走到什么地方，道路也认不清了，她急急忙忙，三步并做两步地往回跑，竟一跤跌死在路旁。

冬生娘仔的祭日，通常是在正月十五到十七。但是在福建是每年的三十晚上祭冬生娘仔。理由是杨梅开花是在每年的十二月二十九日午夜，如果看见杨梅开花就会把命送掉。因为一说冬生娘仔就是好容易赶上某年的杨梅花开之夜，她非常高兴，仔细观察杨梅花的形状以后，预备回到房里去做刺绣的样本，但是不幸中途失足跌死了。

祭冬生娘仔的供物有冬瓜、蜜柑、鸡腿等。上完供以后，就把冬生娘仔和"床母衣"（一种用纸描绘的生产之神的衣服）一同烧掉。在烧以前，还要唱一个祭歌，歌词因地域的不同而略有变化，大概是这样：

    冬生娘仔，冬丝丝。

    教阮绣花，好针箐；

    绣尪仔，好目鼻；

    绣手绣脚，尖溜溜；

    绣弓鞋，好鞋鼻。

    教阮梳头，好后份。

    教阮缚脚，落米升。

    教阮排花，兼刺绣。

    教阮灵敏，加能溜。

    教阮盘马齿，尖秀秀。

    教阮画花，花枝清。

    教玩画柳，柳枝明。

    教阮嫁夫，夫婿和好百年荣。

（上面的歌词，"阮"是我的意思；"尪仔"是小人儿；冬丝丝、尖溜溜，都是形容好的意思。）

　　闽南的风俗略有不同，他们在供祭的前夕，先把冬生娘仔打扮好了，放在厕所里插立一夜，因为传说冬生娘仔是失足掉在厕所死的。他们的唱词大概是这样：

　　　冬生娘仔，脸幼幼，保庇阮，也会挑，也会绣。
　　　冬生娘仔，冬新新，保庇阮，有福气，遇贵人。
　　　冬生娘仔，冬妈妈，保庇阮，也会刨，也会割。
　　　冬生娘仔，冬西西，保庇阮，嫁好翁，伴好婿。
　　　冬生娘仔，冬新新，保庇阮，父母兄弟，都平安。

　　这样默祷完了以后，就把冬生娘仔插立在厕所里，同时放着鸡腿。到夜半的时候，还要坐在碓（舂米用的器具）上，默念下面的词句：

　　　坐碓头，善梳头。
　　　坐碓中，夫妇不相冲。
　　　坐碓尾，善炊粿。

　　然后再走到菜园里，一边摘菜，一边念下面的词句：

　　　折菜，嫁好婿；

折菜心，得万金。

拔葱，嫁好翁；

拔葱根，百子千孙。

最后回到家里来，在路过人家的门前时，撕掉人家的门对，念下面的词句：

撕门联，黄金万千；

撕门对，万千富贵。

听歌词，可以知道冬生娘仔的意义，无非是培养女孩子们成为贤妻良母，教她们对于家事更感兴趣。

宜子宜孙

热带植物繁殖，动物还不是一样？一位老同学结婚后几次怀胎都不能顺利产出，医生没有办法，只好给按上了一个"习惯性滑胎"的病名。谁知她到台湾来，一连生了两个宝宝。她的丈夫为此赞赏台湾是"宜子宜孙"的地方。

台湾的确是宜于生产的地方，街头巷尾，一年四季都有不少顶着大肚皮走路的女人。可惜的是台湾的女孩子不值钱，接生婆在台湾有个习惯，接出来如果是女孩子，接生费都要打八折。还有句俗话说：

"招小弟仔食鸡腿，招小妹仔食鸡屎。"

意思就是说，生男孩子吃鸡腿，生女孩子吃鸡屎。男尊女卑的观念之深，由此可见。虽然生了女孩子不见得真吃鸡屎，但是对于产妇的待遇确是不同的。

产妇的饮食在台湾也另有一套。她们并不一定吃流动食物，小孩生下来以后产妇就可以吃干饭，最少不得的是煮"鸡酒"吃。鸡酒的做法是把鸡剁成块，和胡麻油生姜同炒，再放入米酒共煮，香喷喷的，产妇每天都要吃。有句俚谚说："生过手麻油香，生不过手换三块板。"意思是说，顺利的生产过后，总会吃到麻油煮鸡的，一个不顺产就许往三块板上一抬，去见阎王爷了。北平也有句俗话形容产妇说："跟阎王爷隔一层窗户纸。"风俗虽处处不同，但是生产的痛苦对于女人却是到处一样。

秋游狮头山

到了我的家乡头份，狮头山已经近在眼前。几次还乡，堂兄弟们都邀我上山一游，可是每次都因为家事羁身，不得不匆匆赶回台北，去狮头山的心愿已经许下三年了。

这次因为星期日后面跟着国父诞辰，难得两个假日连在一起，我们正在盘算如何打发时，恰好今春阿里山的游伴蔡先生夫妇来邀游狮头山，同行还有朱先生夫妇。还愿的机会从天而降，自然欣然应允。

早晨八点坐轻便的旅行汽车出发，由台北到狮头山山口，有平坦宽阔的公路可通。尤其是从台北大桥到桃园的一段，完全是沥青路面，两旁是整齐的树木，汽车以每小时三十五公里的速度前进，真像离弓的箭一样。一路上树木浓绿，是盛夏的感觉，但是二熟稻金黄黄的，又是深秋景象了。

过了竹南、头份，便该向狮头山的山路上行进了，这一段山路也是铺了沥青，无怪乎同行的定海朱先生慨叹说："台湾的交通真方便，我将来是不回去的了！"

十一点到了狮头山山脚，前面已经排满了游客的大小汽车，这里正在台北和台中的中间，我们估计从台中、彰化甚至嘉义来的客人不会比台北更少。有旅行经验的蔡先生说："衣食住行，我们还是先解决住的问题吧！"他捷足先登，我们追随在后，顾不得玩赏风景，一路上抛落那些漫步的客人，似乎神行太保绑上马甲，气喘吁吁，只顾赶路。但觉得在树荫密蔽的山路上，阴冷幽暗，踩着长满苔藓的石阶，步步要当心。

这样走了约半小时，便看见紫阳门——上山来的第一个建筑。进了紫阳门走不远，便是劝化堂了。当劝化堂的和尚告诉我们，他们这儿和再上面的开善寺的客房都被订空时，我们只好拔腿便走，连庙的样子都没有细看。到了狮头山最高处的狮岩洞，一个和尚迎在庙前说，今天晚上有八十客人订了所有的客房，我们这时才感觉事情的严重。这时丈夫忽然指着和尚身后门上的对联"仙游至此何妨少驻"对他说："你们既是说'何妨少驻'，为什么弄得我们无处可住呢？"朱先生也说："这副对联应当改成'先来先住'，我们是先来的，便先住下吧！"在交涉的时候，恰好灵霞洞的住持"云游到此"，本我佛慈悲之心，答应给我们一个容身之地，我们便跟他直奔灵霞洞。

从狮岩洞再走下去是下坡路，这时候已经十二点多，虽然饥肠辘辘，但也顾不得，经过海会庵到灵霞洞，决定女客住在尼姑房里，男客在大雄宝殿上搭铺，才算解决了住的问题。

吃过午饭，把旅行包安置好，我这才先从所住的庙注意起。原来狮头山上的庙宇多半是就天然岩石凿建，庙身建在石洞里，灵霞洞里便有一副对联形容说："仙去有踪留片石，洞空无物剩闲云。"这些庙都称不起堂皇，灵霞洞尤其简单。去过普陀灵隐或北平大庙的人，都不免有此感觉。不过台湾庙宇有个特点，便是尼姑和尚同住一庙，灵霞洞的法定住持便是率领着一班比丘尼在修行。招呼我们的是一个惹人怜爱的年轻女尼，她可以说客家话、闽南话、国语和日本话，我们觉得她如果在尘世上也必不凡，不知道为什么要做清苦的出家人。我起初猜测她可能是被家人许愿送来的。谁知晚上当她铺被的时候，在我们盘问出家经过时，她竟含笑回答说，她是五年前自愿出家来此。我这时对着这位赤足秃顶穿着灰布短袖的圣洁女尼，把我们世俗的生活和她的苦修比，只有叹服她的道心坚定了。

午饭后，我们正式出发逛山，决定先逛后山，明天下山再顺路逛前山。

从灵霞洞再向下去，走过几段石阶，便到了金刚寺。寺也是依岩石而建，庙顶的岩石上是茂密的竹林，风景很好，不过因为游客常常是走到山顶的海会庵便因疲乏而折回，因此后山我佛便显得寂寞了。

由金刚寺向万佛庵走下去转几个弯，眼前忽然豁然开朗，使人心胸通畅。原来我们从山脚一路上来，走的多半是阴暗的山径，到这里极目四望，左面是冈峦起伏，尽入眼底，右面的群峰却在云烟缥缈中，前后都是随山势起伏的小道，可以看见鱼贯而行的红红绿绿的游客，听见他们的笑语声。我站在这里看得发呆，同行的人笑我无力前进，哪里知道我正注视远山一朵不动的白云呢！

万佛庵大概是全山最清洁的一座庙了，几净窗明，一尘不染，更难得的是两间新修的客房全空着，我们后悔没有多走几步"到此少驻"。老师太送过清茶，我和她套同乡，才知道这里一位女尼还是我家的远亲。老师太说得高兴，引我到佛像前，她教我合十念过阿弥陀佛后，打开佛龛下的小门，从里面舀出一杯清凉的泉水给我喝，说这是"圣水"，喝了可以抱大儿子。原来万佛庵也是依山岩而筑，有一股极细微的泉水从石罅流出来，正好在佛像的下面，建庙时筑贮水小池，随时可以取饮。

在万佛庵休息后，本来还可以再向下走到最后的水帘洞，不过这时已经暮色苍茫，而且据一路喘着气、浑身汗透的游客说："逛逛虽然好，回来不得了！"我们便牺牲不去了，蔡先生另一个说法却是："留一个地方不去，好引起再来的念头！"

回到灵霞洞吃过素斋，洗一个热水澡，原想到庙外赏月，可惜霾云四布，月亮在云里钻出钻进，山径又是黑黝黝的，而且灵霞洞的几盏自磨电灯八点就要熄灭，我们便在七点钟统统钻进了被窝。

第二天早晨循原路下山，休息一夜以后觉得脚下轻松多了。一路上仔细玩赏山景，听泉水淙淙，看远山含黛，俯视山下是稻田阡陌和一条从万山丛中流出的小溪，沿着山脚蜿蜒而下不知所终。从狮岩洞向下走去，有一处耸立的峭壁，是狮头山著名的伟观。石壁上刻"南无阿弥陀佛"和"即心是佛"几个大字，还刻有一首诗是："山色苍苍耸碧天，烟波江上送渔船。诗情好共秋光远，洞壑钟声和石泉。"游客题名，更是拥挤不堪。

一路到了开善寺，算是全山最大的庙了，敷瓷砖的立柱和墙，清洁是清洁，只是令人想到浴室的意味。倒是寺外的一品红盛开，真够动心夺目。由开善寺到了劝化堂，听见的是一片钟声木鱼应和着和尚们的早课诵经声。从劝化堂到山脚，竹林幽径，离山口一百多石级的地方，就是使山得名的"狮头石"。这块石头要从石阶上往下看，才看得清它像一个伸出的狮头的侧面，石上藤蔓低垂，正好形成了它的毛发胡须。

狮头山并没有我想象中的高峻，庙寺的建筑也不够惊人。但是，山径曲折，天然风景优美，自有它的情趣，这便要游山人自己去体会了。

故乡一日

今天阴雨，乘坐在直达故乡的公路车里，闻着低气压下流散不出去的汽油味，我想着往事。

上次回故乡，是大前年的事了，为了参加堂弟阿棋的婚礼。当晚是住在幼美姑姑的家里。幼美姑姑是爸爸最小最淘气的妹妹，我是爸爸最大最调皮的女儿，我想这是幼美姑姑特别喜欢我的原因。

那次，记得天没亮幼美姑姑就起床了，我在睡梦中听见鸡叫声，以为是公鸡报晓，翻个身又睡了。等到早晨起来，梳洗完毕来到饭桌前，看见满桌饭菜中，有一大盘我最爱吃的白斩鸡，才知道黎明前的那声鸡叫，正是它被姑姑宰割时呢！

客家人是三餐吃干饭的，但是我却没有这种习惯，我早被都市的恶习和夜读夜写的生活折腾得常常是不吃早点、却吃夜宵的，但是我仍然食欲旺盛地饱餐了这顿早饭。我想我所以变胖，太适应任何食物和任何吃法，也是主要的原因吧！

吃了早饭我就忙着赶车回台北，姑姑帮着我收拾提包，把熟鸡腿包了塞进提包里，象征着我吃了鸡腿便可以多走动，常常回家了，所以临走时她问我：

"英子几多时再转来？"

我看着屋外姑姑种的满园子番茄，已经系结了青实，朝阳正照向它们，我说：

"谁知道！也许几个月，也许几年。"

姑姑说："嗤！"她不满意我的答复。

果然几年过去了，我才又一次回来故乡，这次是为了伯母的整寿。

车驶进故乡小镇的街上来了。故乡近年的进步是突飞猛进的，最大的工厂开设这里，景象是不同些。我很担心，如果没有人来接车，我下了车，应当朝哪方走？如果沿门打听，也许问到的小朋友正是我的侄甥们，岂不正造成"儿童相见不相识，笑问客从何处来"的事实？

还好，车子驶到总站，我已经从车窗看见另一个堂弟阿桢等候在那里了，我多高兴！下车来，他告诉我，因为我信中没有写明车次时间，他和阿烈哥是从早上就轮班在这里等我的。

伯母已经搬到小镇的边边上去了，要走一些田间的小路，雨天脚下泥泞，幸好我穿了雨套鞋来。我跟在阿桢的后面走，忽然想起什么便问他：

"阿桢，你几个孩子了？"

"七个。"

"哟！"吓了我一跳。在我的记忆中，他有三个或四个，已经觉得不少了，几时增加到七个啦？只是在这几年我没有回来，就变成这样多了吗？

我的惊奇，使他回过头来，向我笑笑。他的笑，也使我想起了他的爸爸——我的厾叔，最小最先死去的叔叔。

我永远忘不了我第一次回来的情景，厾婶拉着我的手哭着说："转来好，转来好，你的爸爸和厾叔怎么就没有转来的命呢？"我忍不住失声痛哭，哭尽了我心中的委屈——厾叔叔和爸爸死在异乡以后，我们所受的委屈，一股脑儿，都从心底涌上来。

厾叔死的时候，我还是一个小小女学生，但是对于厾叔，我有极深刻的印象，片片断断的，都能从回忆里，清楚地回到眼前。妈妈曾说过，厾叔的脾气古怪，可是我就从来没有觉到过。他风度翩翩，比起高颧骨、凹眼睛的爸爸要漂亮得多。

厾叔给我最初的记忆，就是他对我刚开始入学读书的帮助很大。我第一次去考小学，就是厾叔带着我。一个北平夏季的大雨天，我从考场出来，看不见厾叔就哭了，等他从后面赶过来拉起我的手时，才因心安而破涕为笑。以后，我常常被这双温暖的大手携着，他带我去游公园，去买书，去听戏。我初学毛笔字的时候，厾叔特地到琉璃厂买了一本柳公权《玄秘塔》字帖给我，这本字帖用了许多年，一直到厾叔死去，它还平静地躺在我的书包里。

　　厖叔是祖父最小的儿子，祖母最疼爱的。爸爸在日本做生意的时候，他也被爸爸带到日本读书。后来爸爸的生意失败，带妈妈和我到北平去谋事，不久把厖叔也接到那里去读书。厖叔和爸爸的年龄相差十多岁，两个人的生活、思想太不同，虽然爸爸一向都是爱护家人的。

　　几年以后，厖叔又把厖婶和阿桢弟接到北平。不久，他们就离开爸爸另住，就是因为他们兄弟之间的思想距离太大。

　　后来，厖叔和朝鲜的抗日分子来往，他们计划发动什么事情的时候，因为机事不密，到大连就被日本人捉去，结果被毒死在监狱里。当厖叔的照片登在一张日本的报纸上时，爸爸看了痛哭起来。那张照片上的厖叔瞪圆着眼，两手交胸，我从来没有看见过他这么凶的样子。爸爸接到厖叔的死讯后，亲自到大连去收尸，回来不久便发了吐血的毛病。当时祖父写信来，为这件事责备爸爸。我记得爸爸一连几夜没有睡觉，给祖父回信，写了几十页，把信纸粘接起来寄出去，就像一卷书。

　　厖叔唯一的儿子，小时曾经是我的游伴的阿桢弟，现在竟做了七个孩子的爸爸啦！人生真难料！

　　我一边走一边痴想，走过弯弯曲曲的田边的小路，眼前就到了家。

　　七十整寿的寿星，正和大家一样，光着脚在泥地上走，她忙着呢！来往于自己住的小屋子和借来请客的邻居地主的大房子。我向她拜寿，掏出代表台北全体的寿礼红包来，她抹着眼泪说："来就好！"

我被带进湫隘狭窄的小屋，里面乌压压的满屋子人，都是些三姑六婆二舅母这样的亲戚们。小孩子惊奇地望着被称作"唐山阿姑"的我。她们告诉我，哪个和哪个是谁谁的孩子，都是侄甥辈，我只能说，我的不知名的甥儿侄儿，像山上不知名的花儿那样多！

酒席开十桌，够豪华的。上到第十个菜，上菜的人说，这才不过是一半哪！说乡下人俭省？吃着"大肠肚子咸菜汤""洋葱煮鱼丸"这样的菜，我问邻座的姑姑，这是什么料理？谁在厨房主持？姑姑严肃地回答我说："好料理，你的三婶、大嫂都在厨房里。"

当别人正吃得津津有味的时候，我忽然没有了胃口，有一股气味向我的鼻孔侵袭。我来找，一回头，发现身后的大板墙那边正是牛槽，那就难怪了。我很想捏起鼻子，但是我凭什么要这样做？只因为我是都市的宠儿？都市的空气比这里更清洁？更何况在我的生命史上，幼年也有过两年乡下生活的纪录呢！我这么想着，不禁笑了。姑姑误会了我的笑容，她说："好料理吧？"我点点头。

酒席吃完了，我到凤姊家去休息。凤姊说晚上要请我听戏，正旅行到镇上来的阿玉的戏班子，是非常叫座的。她去买票，我浏览着凤姊这栋新建的房子，满挂着祝贺镜框和对联。姊夫原来有一辆"拖拉库"由他自己驾驶，做些运输煤炭或其他物品的生意，但现在他是民意代表了，所以墙上的镜框都是书写着"民之喉舌""为民造福"等等的字样。

这时在寿婆那里帮忙的婶婶、嫂嫂们都来了，她们忙了大半天，都还没跟我说上话呢！厄婶还是那么清瘦和忧郁。她见我总是忍不住冲动地轻叫着：

"英子！"然后哭了。

看见我会使她想起她这一生的转折点——在冰天雪地的北方，在正被人家艳羡的生活中，她骤然失去了那年轻英俊的丈夫——厄叔。她现在虽然做了七个孙儿女的祖母，但他们怎抵得过那一个属于她的厄叔呢！

这时屋里全静下来了，只听厄婶一个人的饮泣声，没有人劝解她。也许大家都知道（也都有过这经验吧！）让她哭泣一阵，心中的郁闷发泄出来，不是无益的事情。

但我还是要打破这沉重的气氛，我从皮箧中取出一叠我的近照，递给厄婶，说：

"您看这些都是我。"

这样，她才停止哭泣，含泪微笑地一张张看着。我送给每人一张，她们都珍重地收起来。

晚上听戏，是凤姊大请客，我们一群妇孺，结队前往。婶婶要我脱下"踢死牛"的尖头皮鞋，她不信那双鞋会使我舒服，于是我换上了木屐，招摇过市。

幼美姑姑是戏包袱，关于戏的一切她都知道。她告诉我，阿玉母女的戏班子是跑乡镇有名的。她的女儿们都是初中毕业后参加戏班，所以不可以轻视呀！

这一晚的戏听完看完以后，太使我开心了！她们所演的，应当是称为"地方戏"的那一种，但是我看了后，觉得这种戏已经打破了"地方"的观念，就是对于"时间"的看法，也应当另具眼光。它像现在人们所争论的现代诗或现代画一样，称之为现代戏，是无愧的！因为在这出号称香艳、悲伤、警世、武打的戏里，它的乐器包括胡琴、二胡、单皮、锣鼓、小提琴……为什么不可以呢？她们所唱的既然有歌仔调、流行曲、西皮摇板、采茶相叻调等等，当然就得这些乐器来配合。她们既然穿了古装唱流行歌曲，那么饰演花花公子的，穿了粉红缎子香港衫，戴了水手帽，又有何可挑剔的呢？因此，她们在一台戏里，忽而客家语，忽而闽南语，忽而国语也就不足为奇了！唱到一半，女主角又凭什么不可以从后花园赠金给公子后，跑到台前来，用播音小姐的腔调，穿着古装，站在麦克风前，预报明天的戏目，请君早临呢？所以，当我看了最后一幕以"拥吻，幕徐徐落下"而结束时，不禁向台上发出会心的微笑了。

科学的进步，时间和空间的距离和间隔都缩短了，错置了，我们既然可以在收音机里、电视机里听到和看到过去的真实的声音和情况，为什么古今中外不可以在戏台上融于一堂？现代的艺术家也告诉人，美和丑是难以界分的。这一台戏给了你非常"现代"———种清清楚楚可又模模糊糊的感觉。这一切，怎不教人开心呢！

我和所有的观众一样满意地踏上归途。

我这次是回到凤姊的家来歇一晚。在没有垫褥的榻榻床上，凤姊给了我一床十斤大棉被和一个小硬枕头。我不能嫌不舒服，我应当记着，幼年的我，是曾经有过两年这种睡觉方式的纪录呀！人能忘本吗？

临睡前，凤姊过来了，她说：

"明天不能再留一天吗？"

我摇摇头说：

"不能，故乡虽有趣，但我明天还要工作，一早就走。"

她到外屋去，我听她和她的女儿在说什么，又有搬动碗盘的声音。我想，她一定在切鸡腿，分红龟，一包包让我带到台北去分给众人，但不知这次吃了象征着常常走动的鸡腿，下次回故乡会在什么时候？

平凡之家

孤独不算孤独，贫穷不算贫穷，

软弱不算软弱，如果你日夜用快乐去欢迎它们，

生命便能放射出像花卉和香草一样的芬芳——使它更丰富，

更灿烂，更不朽了——这便是你的成功。

旧时三女子

我的曾祖母

一年前的冬日，我陪摄影家谢春德到头份去。他是为了完成
《作家之旅》一书，来拍摄我的家乡。先去西河堂林家祖祠拍了一
阵，便来到三婶家，那是我幼年三岁至五岁居住过的地方。

春德拍得兴起，婶母的老木床，院中的枯井，墙角的老瓮，厨
房里的空瓶旧罐，都是他的拍摄对象，最后听说那座摇摇欲坠的木
楼梯上面，是我们家庭供祖宗牌位的地方，他要上去，我们也就跟
上去了。虽是个破旧的地方，但是整齐清洁地摆设着观音像、佛
像、长明灯、鲜花、香炉等等，墙上挂着我曾祖母、祖父母的画像
和照片，以及这些年又不幸故去的三婶的儿子、媳妇和孙辈的照
片。看见曾祖母的那张精致的大画像，祖丽问我说："妈，那不就
是你写过的，自己宰小狗吃的曾祖母吗？"

这样一问，大家都惊奇地望着我。就是连我的晚辈家族，也不

太知道这回事。

　　如果我说，我的曾祖母嗜食狗肉，她在八十多岁时，还自己下手宰小狗吃，你一定会吃惊地问我，我的祖先是来自哪一个野蛮的省？我最初听说，何尝不吃惊呢！其实"狗是人类的好朋友"的说法，是很"现代"而"西方"的。我听我妈妈说过，祖父生前有一年从广东蕉岭拜祭林氏祖祠归来，对正在坐月子的儿媳妇说："你们是有福气的哟！一天一只麻油酒煮鸡，老家的乡下，是多么贫困，哪有鸡吃，不过是用猪油煮狗酒罢了！"

　　你听听！祖父说这话的口气，是不是认为人类对待动物的道德衡量，宰一条小狗跟杀一只鸡，并没有什么分别？甚至在那穷乡僻壤，吃鸡比吃狗还要奢侈呢！

　　自我懂事以来，已经听了很多次关于曾祖母宰小狗吃的故事。不过，随着年龄的增长，对于曾祖母宰小狗这回事，每一次都有更多的认识、了解和同情。

　　说这老故事最多的就是三婶和妈妈。三婶还健康的时候，每次到台北，都会来和妈妈闲谈家中老事。老妯娌俩虽然各使用彼此相通的母语——一客家、一闽南——又说、又笑、又感叹地说将起来，我在一旁听着，也不时插入问题，非常有趣。她们谈起我曾祖母——我叫她"阿太"——亲手宰烹小狗吃的故事，都还不由得龇牙咧嘴，一副不寒而栗的样子：就好像那是刚刚发生的事情，就好像我阿太还在后院的沟边蹲着，就好像还听得见那小狗在木桶里被开水浇得吱吱叫的刺耳声，使得她们都堵起耳朵、闭上眼睛跑开，就好像她们是多么不忍见阿太的残忍行为！

但是，我的曾祖母，并不是一个残忍的女人，她是一个最寂寞的女人。

我的曾祖父仕仲公，是前清的贡生。在九个兄弟中，他是出类拔萃的老五。为了好养活，他有个女性化的名字"阿五妹"，所以当时人都尊称他一声"阿五妹伯"。我的曾祖母钟氏，十四岁就来到林家做童养媳，然后"送做堆"嫁给我的曾祖父。但不幸她是个生理有缺陷的女人，一生无月信，不能生育，终生无所出。那么，"阿五妹"爱上了另一个美丽的女孩子罗氏，就是一件很自然的事情了。那个女孩子是人家的独生女儿，做父母的怎肯把独生女儿给"阿五妹"做妾呢？因为我的曾祖父当时有声望、有地位，又开着大染布坊，他们又是自己恋爱的，再加上我阿太的不能生育，美丽的独生女儿，就做了我曾祖父的妾了。妾，果然很快地为"阿五妹伯"生了个大儿子，那就是我的亲祖父阿台先生。

我想，我的曾祖母的寂寞，该是从她失欢的岁月开始的。

阿台先生虽然是一脉单传，却也一枝独秀，果实累累，我的祖母徐氏爱妹，一口气儿生了五男五女，这样一来，造成了林家繁枝茂叶的大家庭。那时候，曾祖父死了，美丽的妾不久也追随地下。阿台先生虽然只是个秀才，没有得到科举时代的任何名堂，但他才学高，后来又做了头份的区长（现在的镇长），事实上比他的爸爸更有声望和地位。但是就在林家盛极一时的时候，我的曾祖母，竟带着她自己领养的童养媳，离开了这一大家人，住到山里去了。

并不是我的祖父没有尽到人子的责任，我的祖父是孝子，即使阿太不是他的亲母，他也不废晨昏定省之礼。或许这大家庭使阿太产生了"虽有满堂儿孙，谁是亲生骨肉"的寂寞感吧，她宁可远远地离开，去山上创一个属于她自己的天地。

在那种年代、那种环境、那种地位下，无论如何，阿台先生都有把妈妈接回来奉养的必要，但是几次都被阿太拒绝了。请问，荣华和富贵，难道抵不过在山间那弯清冷的月光下打柴埋锅造饭的寒酸日子吗？请在我的曾祖母的身上找答案吧！

终于，在我曾祖母八十岁那年，寒冬腊月，一乘轿子，把她老人家从山窝里抬回来了。听说她的整寿生日很热闹，在那乡庄村镇，一次筵开二三百桌，即使是身为区长，受人崇敬的阿台先生家办事，也不是一件顶容易的事吧！而且，祖父还请画师给她画了这么一张像：头戴凤冠，身穿镶着兔皮边的补褂。外褂子上画的那块补子，竟是"鹤补"，一品夫人哪！我向无所不知的老盖仙夏元瑜兄打听，他说画像全这么画，总不能画一个乡下老太婆，要画就画高一点儿的。我笑说，那也画得高太多啦！

据我的母亲和三婶说，阿太很健康，虽然牙齿全没了，佝偻着腰，也不拄拐杖，出出进进总是一袭蓝衣黑裤。她不太理会家里的人，吃过饭，就举着旱烟管到邻家去闲坐，平日连衣服都自己洗，就知道她是个多么孤独和倔强的人了。

　　大家庭是几房孙媳妇妯娌轮流烧饭，她们都会为没有牙齿的阿太煮了特别烂的饭菜。当她的独份饭菜烧好摆在桌上时，跟着一声高喊："阿太，来吃饭啊！"她便佝偻着腰，来到饭桌前了。我的母亲对这有很深的印象，她说当阿太独自端起了饭碗，筷子还没举起来，就先听见她幽幽的一声无奈的长叹！阿太难道还有什么不满足吗？

　　现在说到狗肉。

　　三婶最会炖狗腿，她说要用枸杞、柑皮、当归、番薯等与狗腿同煮，才可以去腥膻之气，但却忌用葱。狗肉则用麻油先炒了用酒配料煮食，风味绝佳。三婶虽是狗肉烹调家，却从不吃狗肉，她是做子媳的，该做这些事就是了。不但三婶不吃狗肉，在这大家庭里，吃狗肉的人数也不多，三婶曾笑指着我的鼻子告诉我说：

　　"家里虽然说吃狗肉的人数不算多，可也四代同堂呢！你阿太，你阿公，你阿姑，还有你！"

　　秋来正是吃狗肉进补的时候。其实，从旧历七月以后，家里就不断地收到亲友送来的羊头、羊腿、狗腿这种种的补品了。因为乡人都知道阿台先生嗜此，岂知他的老母、女儿、四岁的小孙女，也是同好呢！

　　不是和自己亲生儿子在一起，我想唯有吃狗肉的时候，阿太才能得到一点点快乐吧？因为这时所有怕狗肉的家人，都远远地躲开了！

据说有一年，有人送来一窝小肥狗给阿台先生。这回是活玩意儿，三婶再也没有勇气像杀母鸡一样去宰这一窝小活狗了。阿太看看，没有人为她做这件事，便自己下手了，这就是我的曾祖母著名的自己下手宰狗吃的"残忍"的故事了。

记得有一次我又听妈妈和三婶谈这件事的时候，不知哪儿来的一股不平之鸣，我说："如果照我祖父说的，煮鸡酒和煮狗酒没有什么两样的话，那么阿太宰一只狗和你们杀一只鸡也没有什么两样的呀！"

阿太高寿，她是在八十七八岁上故去的，我看见她，是在三岁到五岁的时候，直接的记忆等于零。但是，如果她地下有知的话，会觉得在一个甲子后的人间，竟获得她的一个曾孙女的了解和同情，并且形诸笔墨，该是不寂寞啊！

我的祖母

我的祖母徐氏爱妹的放大照片，就挂在曾祖母画像的旁边墙上。这张虽是老太太的照片，但也可以看出她的风韵，年轻时必定是个美人儿，她是凤眼形，薄薄的唇，直挺的鼻梁。她在照片上的这件衣着，虽是客家妇女的样式，但是和今日年轻女人穿的改良旗袍的领、襟都像呢！

我的祖父林台先生，号云阁，谱名鼎泉，他是林家九德公派下的九世孙。前面说过，他科举时代没有什么名堂，却是打二十一岁起就执教鞭，一九一六年到一九二〇年，出任头份第三任区长，在纯朴的客家小镇上，是位令人尊敬的长者。在中港溪流域，是以文名享盛誉。他能诗文，擅拟对联，老年间的许多寿序、联匾，很多出于祖父之笔。我的祖母为林家生了五男五女，除了夭折一男一女外，其余都成家立业，所以在祖父享盛誉的时候，祖母自然也风光了半辈子。

我对祖母知道得并不多，年前玉美姑姑到台北来，我笑对也已年近八十的玉美姑姑说："我要问你一些你妈妈的事，你可得跟我说实话。"因为我常听婶母及妈妈说，祖母很厉害，她把四个儿媳妇控制得严严的，但她自己却也是个勤俭干净利落的人。听说，我的曾祖母所以很孤独地到山上去过日子，也和这个儿媳妇有些关系，因为当年的祖母，妻以夫贵，不免有时露出骄傲的神色来吧！而且我听三婶说，她的女儿秀凤自幼送人，也是婆婆的主意。我问玉美姑姑，玉美姑姑很技巧地回答说："你三婶身体不好嘛！带不了孩子，所以做主张把秀凤送人好了。"其实我又听说，是祖母希望三婶生儿子，所以叫她把女儿送人的。我又问玉美姑姑说："听说祖母很厉害。"玉美姑姑说："她很能干。""能干"和"厉害"有怎样的差别和程度，是怎么说都可以的。

但是在我的记忆中，祖母却是可爱的，幼年在家乡的记忆没有了，却记得在北平时，我还在小学三年级的样子，祖父、祖母到北平来了。那时爸爸、四叔——祖父的最大和最小的儿子都全家在北平，从遥远的台湾到"皇帝殿脚下"的北平来探亲和游历，又是日据时代，是一件不简单的事，我想那是祖母最最风光的时期了。他们返回台湾不久，四叔就因抗日在大连被日本人毒死狱中。四叔本是祖母最疼爱的儿子，四婶也因是自幼带的童养媳，所以也特别疼。过两年，祖父独自到北平来，爸爸已经因四叔的死，自己也吐血肺疾发。记得祖父住在西交民巷的南屋里，我常听他的咳声，他似乎很寂寞地在看着《随园诗话》，上面都是他随手所记的批注。等到祖父回台湾，过不久，爸爸也故去了。

这时祖父的四个儿子，先他而去了三个，祖父于一九三四年七十二岁时去世，死时只有一个三叔执幡送终。祖父死后的年月，不要说风光的日子没有了，祖母又遭遇到最后一个儿子三叔也病故的打击，至此满堂寡妇孤儿，是林家最不幸的时期。真是"屋漏偏逢连夜雨"，一九三六年时，台湾地震，最严重的就是竹南、头份一带。我们这一辈，最大的是堂兄阿烈，他又偏在南京工作，看报不知有多着急，那时家屋倒塌，大家都在地上搭棚住，七十多岁的祖母也一样。后来阿烈哥返台，在一群孤儿寡妇中，他不得不挑起这大家族的许多责任。

阿烈哥说，幸好他考取了当时的放送局，薪水两倍于一般薪水阶级，负起奉养祖母的担子。他也曾把祖母接来台北居住就医过，可是她还是在八十岁上、在祖父死后十年中风去世了。她死时更不如祖父，四个儿子都已先她而去，送终的只好是承重孙阿烈哥了。

而我们那时在北平，也是寡妇和孤儿，又和家乡断绝音信多年，详细的情形都不知道。只是祖母在我的印象中却是和蔼的、美丽的。

我的母亲

我的母亲是板桥镇上一个美丽、乖巧的女孩，她十五岁上就嫁给比她大了十五岁的父亲，那是因为父亲在新埔、头份教过小学以后，有人邀他到板桥林本源做事，所以娶了我的母亲。

母亲是典型的中国三从四德的女性，她识字不多，但美丽且极聪明，脾气好，开朗，热心，与人无争，不抱怨，勤勉，整洁。这好像是我自己吹嘘母亲是说不尽的好女人。其实亲友中，也都会这样赞美她。

母亲嫁给父亲不久，父亲就带着母亲和母亲肚中的我到日本去，在大阪城生下了我。父亲是个典型的大男人，据说在日本到酒馆林立的街坊，从黑夜饮到天明，一夜之间，喝遍一条街，够任性的了。但是他却有更多优点，他负责任地工作，努力求生存，热心助人，不吝金钱。我们每一个孩子，他管得虽严，却都疼爱。

在大阪的日子，母亲也津津乐道。她说当年她是个足不出户的异国少妇（在别人看来，只是个十几岁的少女），偶然上街，也不过是随着背伏着小女婴的下女出去走走。像春天，傍着淀川，造币局一带，樱花盛开了，风景很美。母亲说，我们出门逛街，还得忍受身后边淘气的日本小鬼偶然喊过来的"清国奴"这样侮辱中国人的口号，因为母亲穿的是中国服装。

后来父亲要远离日本人占据的台湾，到北平去打天下，便先把母亲和三岁的我送回台湾。在客家村和板桥两地住了两年，才到北平去的。母亲以一个闽南语系的女人嫁给客家人，在当时是罕见的。母亲缠过足，个子又小，而客家女性大脚，劳动起来是有力有劲的。但是娇小的母亲在客家大家庭里仍能应付得很好，那是因为母亲乖，不多讲话。她说妯娌们轮流烧饭，她一样轮班，小小的个子，在乡间的大灶间，烧柴、举炊，她都得站在一个矮凳上才够得到，但她从不说苦。不说苦，也是女性的一种德行吧，我从未见母亲喊过苦，这样的德行在潜移默化中，也给了我们姊弟做人的道理。像我，脾气虽然急躁，却极能耐苦，这一半是客家人的本性，一半也是得自母亲。

父亲去世前在北平的日子，是最幸福的，但自父亲去世（母亲才二十九岁），一直到我成年，我们从来都没有太感觉做孤儿的悲哀，而是因为母亲，她事事依从我们，从不摆出一副苦相，真是所谓"在家从父，出嫁从夫，夫死从子"了。

我的母亲常说这样两句台湾谚语，她说："一斤肉不值四两葱，一斤儿不值四两夫。"意思是说，一斤肉的功用抵不过四两葱，一斤儿子抵不过四两丈夫。用有实质的重量来比喻人伦，实在是很有趣的象征手法。我母亲也常说另一句谚语："食夫香香，食子淡淡。"这是说，妻子吃丈夫赚来的，是天经地义，没有话说，所以吃得香；等到有一天要靠子女养活时，那味道到底淡些。这些话表现出一个女人对一个男人——丈夫的爱情之深、之专。

现在已婚妇女，凑在一起总是要怨丈夫，我的母亲从来没有过。甚至于我们一起回忆父亲时，我如果说了父亲这样好那样好，母亲很高兴地加入说。如果我们想起父亲有些不好的地方，母亲就一声也不言语，她不好驳我们，却也不愿随着孩子回忆她的丈夫的缺点。

我的母亲十五岁结婚，二十九岁守寡，前年八十一岁去世。在讣闻里，我们细数了她的直系子、孙、媳婿等四代四十多人，没有太保太妹，没有吃喝嫖赌不良嗜好的。母亲虽早年守寡，却有晚年之福。

在这妇女节日，写三位旧时女子——我的曾祖母、祖母、母亲，无他，只是想借此写一点中国女性生活的一面，和她们不同的身世。但有一点相同的，无论她们曾受了多少苦，享了多少福，都是活到八十岁以上的长寿者。

英子的乡恋

第一信　给祖父

英子十四岁

亲爱的祖父：

当你接到爸爸病故的电报，一定很难受的。您有四个儿子，却死去了三个，而爸爸又是死在万里迢迢的异乡。我提起笔来，眼泪已经滴满了信纸。妈妈现在又躺在床上哭，小弟弟和小妹妹们站在床边莫名其妙是怎么回事。

以后您再也看不见爸爸的信了，写信的责任全要交给我了。爸爸在病中的时候就常常对我说，他如果死了的话，我应当帮助软弱的妈妈照管一切。我从来没有想到爸爸会死，也从来没有想到我有这样大的责任。亲爱的祖父，爸爸死后，只剩下妈妈带着我们七个姐弟们。北平这地方您是知道的，我们虽有不少好朋友，却没有亲戚，实在孤单得很，祖父您还要时常来信指导我们一切。

妈妈命我禀告祖父，爸爸已经在死后第二天火葬了，第三天我们去拾骨灰，放在一个方形木匣内，现在放在家里祭供，一直到把他带回故乡去安葬。因为爸爸说，一定要使他回到故乡。

第二信　给祖父

英子十四岁

亲爱的祖父：

您的来信收到了，看见您颤抖的笔迹，我回想起五年以前，您和祖母来北平的情况，那时候小叔还没有被日本人害死，我们这一大家人是多么快乐！您的胡须，您的咳嗽的声音，您每天长时间坐在桌前的书写，都好像是昨天的事。如今呢？只剩下可怜孤单的我们！

您来信说要我们做"归乡之计"，我和妈妈商量又商量，妈妈是没有一定主张的，最后我们还是决定了暂时不回去。亲爱的祖父，您一定很着急又生气吧？禀告您我们的意见，您看觉得怎么样。

我现在已经读到中学二年级了，弟弟和妹妹也都在小学各班读书，如果回家乡去，我们读书就成了问题。我们不愿意失学，但是我们也不能半路插进读日本书的学校。而且，自从小叔在大连被日本人害死在监狱里以后，我永远不能忘记，痛恨害死亲爱的叔叔的那个国家。还有爸爸的病,也是自从到大连收拾小叔的遗体回来以后,才厉害起来的。爸爸曾经给您写过一封很长很长的信,报告叔叔的事,我记得他写了很多个夜晚,还大口吐着血。而且爸爸也曾经对我说过,当祖父年轻的时候,日本人刚来到台湾,祖父也曾经对日本人反抗过呢!所以,我是不愿意回去读那种学校的,更不愿意弟弟妹妹从无知的幼年,就受那种教育的。妈妈没有意见,她说如果我们不愿意回家乡,她就和我们在这里待下去,只是要得到祖父的同意。亲爱的祖父,您一定会原谅我们的,我们会很勇敢地生活下去。就是希望祖父常常来信,那么我们就如同祖父常在我们的身边一样安心了。

妈妈非常思念故乡,她常常说,我们的外婆一定很盼望她回去,但是她还是依着我们的意思留下来了,妈妈是这样的善良!

第三信　给堂兄阿烈

英子十六岁

阿烈哥哥:

自从哥哥回故乡以后,我们这里寂寞了许多。我和弟弟妹妹打开了地图,数着哥哥的旅程,现在该是上了基隆的岸吧?我们日日听着绿衣邮差的叩门声,希望带来哥哥的信,说些故乡的风光!您走的时候,这里树叶已经落光了,送您到车站,冷得发抖,天气冷，心情也冷。您自己走了，又带走了爸爸的骨箱。去年死去了四妹，又死去了小弟，在爸爸死去的两年后，我们失去了这样多的亲人。算起来，现在剩下我们姐弟五个和可怜的妈妈。送哥哥走了以后，回到家里来，妈妈说天气太冷了，可以烧起洋炉子来，虽然屋子立刻变暖，可是少了哥哥您，就冷落了许多。您每天晚上为我们讲的《基度山恩仇记》还没有讲完呢！许多个晚上，我们就是打开地图，看看那一块小小地方的故乡。

妈妈一边向炉中添煤，一边告诉我们说："故乡还是穿单衣的时候。"是么哥哥？那么您的棉袍到了基隆岂不是要脱掉了吗？妈妈又说，故乡的树叶是从来不会变黄、变枯，而落得光光的；水也不会结冰，长年地流着。椰子树像一把大鸡毛掸子；玉兰树像这里的洋槐一样的普遍；一品红也不像这里可怜地栽在小花盆里，在过年的时候才露一露；还有女人们光着脚穿着拖板，可以到处去做客，还有，还有……故乡的一切真是这样的有趣吗？您怎么不快写信来讲给我们听呢？

妈妈说，要哥哥设法寄这几样东西：新竹白粉、茶叶、李咸和龙眼干。后面几项是我们几个人要的，把李咸再用糖腌渍起来的那种酸、甜、咸的味道，我们说着就要流口水啦！妈妈说，故乡还有许多好吃的东西，在这里是吃不到的，最后妈妈说："我们还是回台湾怎么样？"我们停止了说笑声，不言语了，回台湾，这对于我们岂不是梦吗？

第四信 给堂兄阿烈

英子十七岁

阿烈哥哥：

您的来信给我们带来了最不幸的消息——亲爱的祖父的死。失去祖父和失去爸爸一样的使我们痛苦，在这世界上，我们好像更孤零、无所依靠了。北方的春天虽然顶可爱，但是因为失去了祖父，春天变得无味了！有一本祖父用朱笔圈过的《随园诗话》，还躺在书桌的抽屉里。我接到哥哥的信，不由得把书拿出来看看，祖父的音貌宛在，就是早祖父而去的爸爸、四妹、小弟，也一起涌上了心头。我常常想，这些事情都不是真的——失去了许多亲人。我在小小年纪便负起没有想到过的责任；生活在没有亲族和无所依赖的异乡，但摆在面前的这一切，却都是真的呢！我每一想到不知要付出多少勇气，才能应付这无根的浮萍似的漂泊异乡的日子时，就会不寒而栗。我有时也想，还是回到那遥远的可爱的家乡去，赖在哥哥们的身旁吧，但是再一念及我和弟妹们受教育问题，便打消了回故乡的念头。我们现在是失去了故乡，但是回到故乡，我们便失去了祖国。想来想去，还是宁可失去故乡，让可爱的故乡埋在我的心底，却不要做一个无国籍的孩子。

昨天我在音乐课上学了一首《念故乡》的歌，别人唱这个歌时无动于衷，我却流着心泪。回到家里，我唱了又唱，唱了又唱。弟弟还说："姐姐干吗唱得那么惨！"可爱无知的弟弟哟！你再长大些，就知道我们失去故乡的痛苦的滋味，是和别人不同的。

您问我们这个新年是如何度过的，还不是和往年一样，把几个无家可归的游魂邀到家里来共度佳节，今年有张君和李君，他们三杯酒下肚，又和妈妈谈起家乡风光来了。这一顿饭直吃得杯盘狼藉，李君醉醺醺地说："回去吧，英子！回去吃拔仔，回去吃猪公肉！"哥哥，他们的醉话和我的梦话差不多吧！我曾听张君说过的，他们如果回去的话，前脚上了基隆的岸，后脚就会被警察带去尝铁窗滋味呢！但是我知道，他们思念家乡比我还要痛苦的！我虽然这样热爱故乡，但是回忆起来，却是一片空白。故乡是怎样的面貌啊！我在小小的五岁时就离开她，我对她是这样的熟悉，又这样的陌生啊！

上次给哥哥寄去的照片，您说有一位同村的阿婆竟也认出说："这是英子！"我太开心了，我太开心了，我居然还没有被故乡忘掉吗？让我为那位可爱的阿婆祝福，希望在她的有生之年，我们有见面的一天吧！

第五信　给堂兄阿烈

英子二十八岁

阿烈哥哥：

给您写这封信是怀着怎样的心情，真是形容不出来！哥哥，您还认得出妹妹的笔迹吗？自从故乡大地震的那一次，您写信告诉我们说，家人已无家可归，暂住在搭的帐篷里，算来已经十年不通信了。这十年中，您会以为我忘记故乡了吗？实在是失乡的痛苦与日俱增，岁岁月月都像是在期待什么，又像是无依无靠无奈何。但是真正可期待的日子终于到临。八月十五日的中午，所有的日本人都跪下来，听他们的"天皇"广播出来的降书。我在工作了四年的藏书楼上，脸贴着玻璃窗向外看，心中却起伏着不知怎样形容的心情，只觉得万波倾荡，把我的思潮带到远远的天边，又回到近近的眼前！喜怒哀乐，融成一片！哥哥，您虽和我们隔着千山万水，这种滋味却该是同样的吧？这是包着空间和时间的梦觉！

让我来告诉哥哥一个最好的消息，就是我们预备还乡了。从一无所知的童年时代，到儿女环膝地做了妈妈，这些失乡的岁月，是怎样挨过来的？雷马克说："没有根而生存，是需要勇气的！"我们受了多少委屈，都单单是为了热爱故乡，热爱祖国，这一切都不要说了吧，这一切都譬如是昨天死去的吧，让我们从今抬起头来，生活在一个有家、有国、有根、有底的日子里！

哥哥您知道吗？最小的妹妹已经亭亭玉立了，我们五个之中，三个已为人妻母，两个浴在爱河里。妈妈仍不见老，人家说年龄在妈妈身上是不留痕迹的！而我们也听说哥哥有了四千金，大家见面都要装得老练些啊！

妹妹和弟弟有无限的惆怅，当他们决定回到陌生的故乡，却又怕不知道故乡如何接待这一群流浪者，够温暖吗？足以浸沁孤儿般的干涸吗？

哥哥，千言万语，不知从何说起，您就准备着欢迎我们吧！对了，您还要告诉认识英子的那位阿婆（相信她还健在）英子还乡的消息吧，我要她领着我去到我童年玩耍的每一个地方，我要温习儿时的梦。好在这一切都不忙的，我会在故乡长久、长久、长久地待下去，有的是时间去补偿我二十多年间的乡恋。哥哥，为我吻一下故乡的泥土吧！再会，再会，再会的日子是这样的近了！

后　记

《英子的乡恋》是我在一九五一年三月写的，到如今刚好十三个年头儿了！日子有飞逝的感觉。这几封信虽不一定每封都是真的写过的，但却是我当时真实的心情和真实的生活情景。写时倾泻了我的全部的情感，因此自己特别珍爱这篇小文。也许别人读了无动于衷，那倒也没有什么关系。

先祖父林台（号云阁）先生在世时，是头份地方上受人尊敬的长者，做过头份的区长。他在世时，每年回一次祖籍广东蕉岭。我们过海到台湾已经有五六代了。先父林焕文先生是先祖父的长子，他毕业于日据时代的国语学校师范部，精通中日文。毕业后曾执教于新埔公学校，因此台湾文艺社的社长吴浊流先生做过先父的学生。现在吴先生六十多岁了，还在热心地提倡文艺，先父却在四十四岁的英年因肺疾逝世于故都北平。吴先生讲起受教于先父的日子时，热泪盈眶。他说那时他才不过十一岁，如今记忆犹新。他说先父风流潇洒，写得一笔好字，当先父写字的时候，吴先生常在一旁拉纸，因此先父就也写了一幅《滕王阁序》送给他。五十年了。当然这幅字没有了，记忆却永留，这不就够了吗！

先父后来到板桥的林本源那里做事，我妈妈是板桥人，所以他娶了妈妈。他后来到日本大阪去，在那里生下了我。我的妈妈告诉我，我们从日本回台湾时，我三岁，满嘴日本话。在家乡头份，我很快学会说客家话，不久，先父到北京去，我跟着妈妈回她的娘家板桥，我又学说闽南话。然后，五岁到北京（我所以说北京，因为那时是一九二三年、一九二四年，还叫北京）。据妈妈告诉我，我当时的语言紊乱极了，用日本话、客家话、闽南话、北平话表达意见。最后，很快的，就剩了一种纯正的语言——北平话。我现在只能听懂和说极少的客家话，虽能说全部的闽南话，但是外省朋友听了说："你的台湾话我听得懂！"本省朋友听了说："你是哪里人，高雄吗？"这是因为高雄地区的闽南话比较硬吧！而且闽南话系有七声，北平话只有四声，用四声去说七声的话，所以有荒腔走板的毛病。

文中阿烈哥哥是我的堂兄林德烈先生。当年先父要他到北平去读书，他却一心一意地爱上了戏剧学校，他想去考，先父不答应。

戏剧学校虽然没进成，却自己学会了一手好胡琴。我曾跟他开玩笑说："你如果当年真进了戏剧学校，跟宋德珠、关德咸他们是同辈，说不定你林德烈真成了名须生呢！"阿烈哥哥是个老实人，他在光复初任职于中广公司，后来回家乡，现任职于头份镇公所。

我的第二故乡是北平，我在那里几乎住了一个世纪的四分之一。因此除了语言以外，我也有十足的北平味儿，有些地方甚至"比北平人还北平"。

文中提到的小叔，是我最小的叔叔林炳文先生。他当年和朝鲜的抗日分子同在大连被日本人捉到，被毒死在监狱里。先父去收尸回来，才吐血发肺疾的。小叔最疼爱我，我在北平考小学是他带我去的，第一次临柳公权《玄秘塔》的字帖，是他给我买的。我现在每次回头份时，小婶见了我，触动她的伤心事，总要哭一哭。

我现在很怀念第二故乡北平，我不敢想什么时候才再见到熟悉的城墙、琉璃瓦、泥泞的小胡同、刺人的西北风、绵绵的白雪……既然不敢想，就停下笔不要想了吧！

我父亲在新埔那段儿

从台北坐纵贯线火车南下，到了新竹县境内的竹北站下车，再坐十五分钟的公路车向里去，就到了新埔。新埔并不是一个大镇，多少年来，也没有什么太大的发展。她远不如我的家乡头份——在苗栗县境内的竹南站下车，再坐十分钟公路车就到达的一个镇——近年来发展得迅速。新埔有点名气，是因为那里出产橘子，俗名叫它"椪柑"，外省人谐音常管它叫"胖柑"。它确实也是金黄色，胖胖的神气。但是天可怜见，新埔近年"地利"不利，不知什么缘故，橘子树忽然染上了一种叫做黄龙病的症候，就都逐渐被毁掉了，现在只剩下很少很少的在那里挣扎。很多人改种水梨了，但台湾的梨，也还待研究和改良，希望有一天，新埔的水梨，能像新埔的椪柑那样神气起来吧！

新埔有一所最老的小学，就是当年的新埔公学校，今天的新埔国民学校。就拿她的第十四届的毕业年代来说吧，已经是在半世纪前的一九一六年了。新埔公学校的第十四届毕业生，有一个同学会，每五年在母校开一次会，他们（也有少数的她们）现在起码都是六十四岁以上的年纪了。把散居各地的六七十岁的老人家，聚集在一起，即使是五年才一次，也不是一件顶容易的事，虽然台湾没多大，交通也便利。同学们固然多的是儿孙满堂，在享受含饴弄孙的退休生活；可也有的也常闹些风湿骨节痛的老人病，更有一两位老来命舛，依靠无人，生活也成问题的。所以在五年一聚的照片上，每一次都比上一次的人数少，怎不教这些两鬓花白的老同学感叹时光的流转，是这样快速和无情呢！因此他们更加珍惜这难得的一聚。他们也许会谈谈这五年来的各况，但更多的是徘徊在母校的高楼下，看他们故乡的第三代儿童们，活泼健康地追逐嬉戏于日光遍射的校园中，或者听孩子们朗朗的读书声。抚今追昔，会勾引起很多回忆的话题的。

他们记得五十多年前的母校，只有六间平房教室，上了层层台阶，进了校门，就只有一排四间教室，向右手走去还有两间，如此而已。他们也都能记得前几年在日本故去的日人安山老师。但是更早的记忆，却是一位来自头份庄的年轻而英俊的老师——林焕文先生。他瘦高的个子，骨架英挺，眼睛凹深而明亮，两颧略高，鼻梁笔直，是个典型的客家男儿。他住在万善祠前面学校的宿舍里，平日难得回头份庄他的家乡去。

焕文先生的英俊的外表和亲切的教学，一开始就吸引了全班的孩子们。他们都记得他上课时，清晰的讲解和亲切的语调。他从不严词厉色对待学生。他身上经常穿着的一套硬领子，前面一排五个扣子的洋服，是熨得那么平整，配上他的挺拔的身材，潇洒极了。按现在年轻人的口气来说，就是："真叫帅！"其实那时是一九一〇年，还是清朝的末年，离他剪掉辫子，也还没有多久。他是国语学校毕业的，先在他的家乡头份教了一年书，然后转到这里来，才二十二岁。教书，也许并不是这位青年教师一定的志愿，但是他既然来教了，就要认真，就要提起最高的兴趣，何况他是很喜欢孩子的呢！

焕文先生在新埔的生活，并不寂寞，除了上课教学，下了课就在自己的宿舍里读书习字。他虽然是出身于日本国的"国语学校"，但他的老底子还是汉学，那是早由他的父亲林台先生给他自幼就打好根基了。因此在那样的年纪，那样的时代，他就学贯"中日"了。在他的读书生活里，写字是他的一项爱好。他写字的时候，专心致力，一笔一画，一勾一撇，都显得那么有力量，那么兴趣浓厚，以至他的鼻孔，便常常不由得跟着他的笔画，一张一翕的，他也不自觉。

班上有一个来自乡间的小学生，他因读书较晚，所以十一岁才是公学校的一年生。他时常站在老师的书桌前，看老师龙飞凤舞地挥毫，日子久了，老师也让他帮着研研墨，拉拉纸什么的，他就高兴极了，觉得自己已经从老师那儿熏染点儿什么了。有一天老师忽然对他说：

"你如果很喜欢我的字，我也写一幅给你，留做纪念吧！"

那个学生听了，受宠若惊，只管点头，一时不知怎么回答才好。焕文先生写了一幅《滕王阁序》给他。这幅字，他珍藏了不少年，二次世界大战时，台湾被盟军轰炸，他的珍藏，和他所写的一部血泪著作的原稿，便随着他东藏西躲的。幸好这部描写台湾人在日本窃据下生活的小说《亚细亚的孤儿》和它的主人吴浊流先生，藏得安全，躲过了日本人的搜寻网，而和台湾光复同时得见天日，但是《滕王阁序》却不知在什么时候遗失了。

吴先生说到他的老师当年的风采，和在那短短两年中，所受到的老师的教诲，以及相处的情感，不禁老泪纵横。想想看吧，一个老年人流起泪来，有什么好看？但是怀旧念师的真挚之情，流露在那张老脸上，却也不是我这支圆珠笔所能形容的。

焕文先生有一个堂房姐姐，人称"阿银妹"的，嫁在新埔开汉药店。阿银妹不但生得美丽，性格也温柔，她十分疼爱这个离乡背井来新埔教书的堂弟。她不能让堂弟自己熨衣服，还要自己煮饭吃，那是没有必要的。所以，如果堂弟没有到她家去吃饭，她就会差人送了饭菜来，饭菜是装在瓷制的饭盒里，打开来尽是精致的菜。焕文先生一辈子就是爱吃点儿可口的菜。

他也时常到阿银妹家去吃饭，班上那个最小最活泼淘气的蔡赖钦，和阿银妹住得不远，所以他常常和老师一道回去。如果老师先吃好，就会顺路来叫他，领着他一路到学校去。如果他先吃好，也会赶快抹抹嘴跑到阿银妹家去找老师。老师不是胖子，没有绵软软的手，但是他深记得，当年他的八岁的小手，被握在老师的大巴掌里，是感到怎样的安全、快乐和亲切。如今蔡赖钦是八岁的八倍，六十四岁喽！我们应当称呼他蔡老先生了！蔡老先生现在是一家代理日本钢琴的乐器行的大老板，他仍是那么精力充沛，富有朝气，活泼不减当年。不过，说起他的老师和幼年的生活，他就会回到清清楚楚的八岁的日子去。

蔡老先生记得很清楚，关于新埔公学校的校匾那回事。学校该换个新校匾了。按说当时学校有一位教汉学的秀才，不正该是他写才对吗？可是蔡老先生骄傲地说，结果还是由年轻的老师来写了，可见得老师的字是多么好了。

老师的字，在镇上出了名，所以也常常有人来求，镇上宏安汉药店里，早年那些装药的屉柜上的药名，便是由老师写的。十几年前，还可以在这家药店看见老师的字，但后来这家汉药店的主人的后代，习西医，所以原来的药店已不存在了。

当蔡老先生说着这些的时候，虽然是那么兴奋，但也免不了叹息地说：

"日子过得太快、太快，这是五十六年前的事了！林小姐，你的父亲是哪年去世的？"

哎呀！到现在我还没告诉人，那个年轻、英俊、教学认真、待人亲切的林焕文先生，就是我的父亲啊！

关于我父亲在新埔的那段儿，我是不会知道的，因为那时没有我，我还没有出生，甚至于也没有我母亲，因为那时我母亲还没嫁给我父亲，我母亲是在那时的六年以后嫁给我父亲的，我是在那时的八年以后出生的。

我的父亲在新埔教了两年书，就离开了。我前面说过，焕文先生不见得是愿以一个小学教师终其一生的人，所以当有人介绍他到板桥的林本源那儿去工作时，他想，到那儿也许更有前途，便决定离开了新埔。离开新埔不难，离开和他相处两年的孩子们，就不容易了，所以当他把要离开的消息告诉同学们时，全班几十个小伙子、小姑娘，就全都大大地张开了嘴巴，哭起来了，我的父亲也哭了。

我的父亲离开新埔，就没得机会再回去，因为他后来在板桥娶了我母亲，同到日本，三年以后就到北平去。不幸在他四十四岁的英年上，就在北平去世了。

蔡老先生听我告诉他，不住地摇头叹息，他自十岁以后，就没再见到我父亲，别的学生也差不多一样，但是他们都能记起，父亲在那短短的两年中，在他们幼小的心灵中，是种下了怎样深切的师情，以至于到了半世纪后的今天，许多世事都流水般地过去了，无痕迹了，一个乡下老师的两年的感情却是这样恒久，没有被年月冲掉。

母亲的秘密

　　母亲在二十八岁上便做了寡妇。当母亲赶去青岛办了丧事回来后，外祖母也从天津赶来，她见了母亲第一句话便说："收拾收拾，带了孩子回天津家里去住吧。"

　　母亲虽然痛哭着扑向外祖母的怀里，却摇着头说："不，我们就这么过着，只当他还没有回来。"

　　既然决定带我和弟弟留在北平，母亲仿佛是从一阵狂风中回来，风住了，拍拍身上的尘土。我们的生活，很快在她的节哀之下，恢复了正常。

　　晚上的灯下，我们并没有因为失去父亲而感到寂寞或空虚。母亲没有变，碰到弟弟顽皮时，母亲还是那么斜起头，鼓着嘴，装出生气的样子对弟弟说："要是你爸爸在，一定会打手心的。"跟她以前常说"要是你爸爸回来，一定会打手心"时一模一样。

　　就这样，三年过去了。

　　三年后的一个春天，我们家里来了一位客人，普普通通，像其他的客人一样。母亲客气地、亲切地招待着他，这是母亲一向的性格，这种性格也是受往日父亲好客所影响的。更何况这位被我们称为"韩叔"的客人，本是父亲大学时代的同学，又是母亲中学时代的学长。有了这两重关系，韩叔跟我们也确实比别的客人更熟悉些。

他是从远方回来的，得悉父亲故去的消息，特地赶来探望我们。

不久，他调职到北平，我们有了更多的交往。

一个夏夜，燥热，我被钻进蚊帐的蚊虫所袭扰，醒来了。这时我听见了什么声音，揉开睡眼，隔着纱帐向外看去，我被那暗黄灯下的两个人影吓愣住了，我屏息着。

我看见母亲在抽泣，弯过手臂来搂着母亲的，是韩叔。母亲在抑制不住的哭声中，断断续续地说着："不，我有孩子，我不愿再……"

"是怕我待孩子不好吗？"是韩叔的声音。

过了一会儿，母亲停止了哭泣，她从韩叔的臂弯里躲出来："不，我想过许久了，你还是另外……"这次，母亲的话中没有哭音。

我说不出当时的心情——是恐惧？是厌恶？是忧伤？都有的。这是从来没有过的情绪，它使我久久不眠，我在孩提时代，第一次尝到失眠的痛苦。

我轻轻地转身向着墙，在恐惧、厌恶、忧伤的情绪交织下，静听母亲把韩叔送走，回来后脱衣、熄灯、上床、饮泣。最后我也在枕上留下一片潮湿，才不安地进入梦乡。

第二天早上我醒来时，看见对面床上的母亲竟意外地迟迟未起，她脸向里对我说："小荷，母亲头疼，你从抽屉里拿钱带弟弟去买烧饼吃吧。"

我没有回答，在昨夜的那些复杂的心情上，仿佛又加了一层莫名的愤怒。

我记得那一整天上课我都没有注意听讲，我仔细研究母亲那夜的话，先是觉得很安心，过后又被一阵恐惧包围，我怕的是母亲有被韩叔夺去的危险。我虽知道韩叔是好人，可是仍有一种除了父亲以外，不应当有人闯进我们生活的感觉。

放学回家，我第一眼注意的是母亲的神情，她如往日一样照管我们，这使我的愤怒稍减。我虽未怒形于色，但心情却在不断地转变，忽喜、忽怒，忽忧、忽慰，如一锅滚开的水，冒着无数的水泡。

当日的心情是如此可怜可笑。

母亲和韩叔的事情，好像随时都有爆发的可能，这件心事常使我夜半在噩梦中惊醒。在黑暗中，我害怕地颤声喊着："妈——"听她在深睡中梦呓般地答应，才放心了。

其实，一切都是多虑的。我从母亲的行动、言语、神色中去搜寻可怕的证据，却从没有发现。就像从来没有发生过什么事情，母亲是如此宁静。

一直到两个月以后，韩叔离开北平，他被调回上海去了。再过半年，传来一个喜讯——韩叔要结婚了。母亲把那张粉红色的喜帖拿给我看，并且问我："小荷，咱们送什么礼物给韩叔呢？"

这时，一颗久被箍紧的心一下子松弛了，愉快和许久以来不原谅母亲的歉疚，两种突发的感觉糅在一起。我跑回房里，先抹去流下的泪水，然后拉开抽屉，拿出母亲给我们储蓄的银行存折，怀着复杂的感情，送到母亲的面前。

母亲对于我的举动莫名其妙，她接过存折，用怀疑的眼光看我。我快乐地说："妈，把存折上的钱全部取出来给韩叔买礼物吧。"

"傻孩子。"母亲也大笑，她用柔软的手捏捏我的嘴巴。她不会了解她的女儿啊。

这是十五年前的往事了，从那以后，我们宁静地度过了许多年。

间或我们也听到一些关于韩叔的消息，我留神母亲的情态，她安详极了。

母亲的老朋友们都羡慕她有一对好儿女，唯有我自己知道，我们能够在完整无缺的母爱中成长，是靠了母亲曾经牺牲过一些什么才得到的。

冬青树

　　为了舅母的六十整寿，我冒着酷暑到台北来。表哥表妹两对夫妇都早到了，只等迟到的我。

　　我进门放下手提箱高声喊："阿妗，我到啦！"从厨房的甬道里发出一迭声的"啊"，跟着拥出了表妹和表嫂，表哥和表妹夫也从舅舅的书房跑出来，舅母矮矮胖胖，又是放足，她擦着鼻尖的汗，拖着笨重的身躯，也抢着跑出来。我见了舅母好高兴，赶忙迎上去，舅母握住我的手，把我上下一打量，红着眼圈叹口气："瘦了！"

　　"瘦了？哪里！我临来时才在医院磅过的，比上次长了两磅呢！"舅母不满意我的答复，不住地摇头。

　　"姆妈就是这样，见了谁都嚷瘦呀瘦的，都像您胖得油篓似的走不动才算数吗？"表妹虽然结婚了，仍然改不了跟舅母抢白的习惯。我们听了都觉得好笑，舅母用手指戳着表妹的头笑骂："该死！该死！"我又听见舅母熟悉的骂人声了，唯有在舅母这毫无恶意的骂声里，才觉得是回到了有所依赖的家。

这是两年来一次难得的团聚，年轻的一代，为了事业，不能守在老人的身旁，舅母口口声声说："走远了顶好，图个清静！"其实我知道她是多么盼望孩子们都围绕在她的身边。这一次大家写信商量好，要在舅母的生日全体回家来——其实各人在外面都已成家立业了，可是提到回家，总以在舅母的身边才算真正回到了家，就因为这里有一个舅母。她无论在什么时候都使你安心。她安排你的生活，让你舒服得像一个懒洋洋的人，躺在软绵绵的床上，不由得睡着了。

可是在这个团聚的家庭里，我算的是什么呢？我不过是舅父的妹妹遗留下的一个孤女，在女孩时代便被远游的父亲寄留在这家里。舅母每见我瘦弱，总叹息说我是一个不幸的女孩，而我却以为遇到舅母是我今生最幸运的事。我曾失去许多亲人，却永远不会失去舅母，她像一棵冬青树，在我的生活里永远存在。如果我说我在这家里从无寄居之感，那正是因了舅母的慈爱，她从没有给过我一次机会，使我感觉在这家庭里我是额外的一员。我和一个表哥一个表妹共同生活，安全而快乐，舅母却偏爱说我不幸。

舅母是旧时代中一个可爱的妇人，她所以常常说我不幸，正因为她是一个家庭观念极浓厚的人。我的出生就是悲剧的开始，生母早死，又被父亲遗弃。后来我自己又在一次婚姻悲剧里，扮演了不幸的一方。如果拿新的家庭观念来说，我没有生活在一个完整的家庭中，所以造成心理的不健全，而致瘦弱如此吧！其实我在依赖舅母生活的年纪时，何曾有过一丝丝这种不健全的念头。去年遭婚变，我原处之泰然，却急坏了舅母，她见了我顿足地哭："蕙君，你阿爹回来我怎么交代？"

我是快三十的人了，舅母还痴心地想着，有一天，十几年没有音信的阿爹回来了，她把我仍像五岁的小女孩一样交还给阿爹呢！我在舅母眼里简直是悲剧的化身，无怪表妹责怪舅母说："阿姊本来是快乐的，可是妈妈偏要给培养点儿悲剧的气氛！""嗯？"舅母旧书念得不少，可是遇见表妹嘴里的抽象新名词，就害苦了她："什么赔点儿，养点儿的！"我们哄堂大笑，舅舅也笑得被一口烟呛得直咳嗽。舅母转移目标，冲舅舅瞪眼："老鬼，你也笑什么？"我说过的，舅母的骂声，常常是表现了这家庭的融洽，骂里含了无限的爱与关怀。舅母真是这一家子不倒的权威。

表哥已经做了两个儿子的爸爸，这次回来，表嫂又鼓着肚子挺身而行了。表妹也初尝怀孕的滋味。添丁使舅母高兴，所见所闻都是孩子的问题。我被冷落在一旁，突然生了孤零的伤感，可是还好，这情绪在我心头一瞥即逝，我很快恢复了常态。表哥正在喊："叩头，叩头，给老太太拜寿。"舅母笑得嘴合不拢了。

舅母的生活观念，是包含着新的希望与旧的道德，叩头礼并不是这家庭落伍的表现，而是子女奉给长辈所喜爱的一些行为的表现，如果我们那种七摇八晃的叩头法，能给舅母老夫妇开心的话，我们又何乐而不为呢？舅母还照老规矩，四眼儿人不必下跪，表嫂和表妹算是免了，我和表哥表妹夫带着两个表侄一字排开跪倒在红毡子上。桌上的一对红寿烛，烛光摇曳映到舅母刚扑了粉的圆脸上，在舅母光亮的脸上，我看见一个老妇人最快乐的时光。刹那间，我忽然想，舅母真是一个懂得生活，富有生活风趣，而也得到真正生活的女人。

这次我们要叫一桌席孝敬舅母，可是舅母不肯，她说她愿意自己下厨，因为她知道我们每个人的口味。"可是，您是老寿星呀！我们应当孝敬您，您怎么反倒做给我们吃？"表妹笑着说。

"算了罢，吃一顿明天就全滚蛋了，什么孝敬不孝敬！"舅母又骂了，可是这次骂是亲切中带着伤感的，她虽是个顶达观的女人，但是老人的心是希望归来而怕离去的，舅母又何能例外？

我们吃得好开心，表妹夫和老丈人猜拳，五魁首，八匹马，把舅舅要灌醉了。我们也顾不得舅母在厨房烤成什么样儿，上一道菜，喊一回好。

和两表兄妹在一起，我一直受舅母特别的宠爱，当然是因为她对我多几分身世的怜悯。她希望我身体健康，婚姻美满，好对我那谜样的父亲有个交代，可是在这两方面，我都使她失望而伤心。我很惭愧一直给舅母精神上负荷沉重，她对于我的关怀远超过她的亲生子女，虽然我已成人，不需人扶助，她的关怀也未稍减。

舅母的生日，我画了一幅冬青树送给她，但是我知道，更多的颂词，再多的赠礼，都不如给她一个能使她放心的表白，我许久以来就要对舅母说的是：我的身体虽仍嫌瘦弱，但意志却坚强；我的婚姻虽告失败，但这并不证明我从此失去光明的前途！

闲庭寂寂景萧条

——妈妈节写我的三位婆婆

女人最弱，为母最强

1939年5月我和承楹结婚的前夕，有这么一件有趣的事。我们虽然举行的是新式婚礼，却还有些旧时的礼节，比如"过嫁奁"吧，妈妈多多少少也为我准备了一些嫁奁：四铺四盖、四季衣服、四只箱子、一盒首饰，以及零星的脸盆、痰盂、台灯，甚至连马桶都陪送了。

清荣舅是现成的大媒，他负责送嫁奁，要出发了，妈妈要把这两对描金的福建漆箱子上锁的时候，清荣舅连忙拦住她，笑嘻嘻地说：

"不要锁，交给我，等车子快到他家的时候，"他说着举起了右手，把大拇指和食指大大地张开，然后用力地一打合，玩笑地说："就这样，咔哒一下锁住，明白吗？这就叫锁住婆婆的嘴呀！"大家知道是玩笑话，都笑了。

但是当他完成送嫁奁的任务回来后，却是很正经地对我说："英子，婚姻的事不可预料，谁想到小小的英子，有一天会嫁到有一个公公两个婆婆，八个兄弟的四十多口人的大家庭去做儿媳妇呢！老夏家虽然是忠厚老诚的书香人家，但无论如何，它和你现在的寡母姊弟相依为命的家庭生活迥然是不同的，处处要注意啊……"

事实上，清荣舅舅说我将有两个婆婆还少说了一个呢。我将有三位婆婆，除了承楹的亲生妈妈，还有一位被称为二太太的姨娘，而名义上承楹又是过继给没有子嗣的五叔、婶做儿子。只是那时五叔已去世，五婶已到抗战的后方去了。

婆婆共娶六房儿媳妇，我在她的媳妇中是年龄最小的。虽然我要去生活的大家庭，跟我原来的生活如此不同，但我一点儿也不害怕或担心，在妈妈的潜移默化中，我们跟亲友都是快乐和谐相处，何况我在婚前已常去夏家玩，未来的婆婆知道儿子房里来了女朋友，并且会留下来吃饭，晚饭添菜很方便，她小小的个子登上那只小板凳，自己打电话叫天福送清酱肉来。上了堂屋的饭桌，她也会凑上前来，看我们多多地吃菜加饭，她才高兴。

婆婆闺名张玉贞，是江西九江一个开缎子号的女儿，后来张家移居浦口，所以婆婆说话没有江西老表的口音，反而是"南京大萝卜"的乡音更重。她这一辈的老妯娌共有五位，个个饱读诗书，只有婆婆不识字，连认钞票也以看颜色确定价值。但是她自十几岁嫁给公公后，却一口气儿生了八个儿子一个女儿。

公公二十四岁登拔贡榜，二十五岁晋京做小京官正值戊戌变法，他这一生就在政界和国学界，到五十五岁北伐成功，他也自宦海退休，专从事著书修志。婆婆曾对我们说，晋京以后，住在江宁会馆，她已经是四五个孩子的妈妈了。每天晚上，床上睡两三个，摇篮里睡一个，她则在一灯荧然下缝缝补补，一只脚还要踏着摇篮，日子是这样一步步一年年过来的。

婆婆虽然不识字，在生活、思想上，却也有她的原则，那是从她日常说的谚语中可以理解的。我想中国旧时不识字的人（包括男、女），由口传口述的俗语、谚语、格言，表现出他们的思想或态度以及好恶。婆婆的谚语出口成章，而且有时幽默得很。我记得每天早上她起床后，便坐在堂屋里的太师椅上，一边抽着水烟，一边指挥仆妇工作。她性子急，炉子上水不开，她就要数叨仆妇不会弄火，她说："人要忠心，火要空心。"于是便自己拿起火筷子拨弄那煤球炉子去了。

我们大家庭的生活中心，就在婆母的这间堂屋，她从早起便坐镇堂屋，各房头要商量什么事情，晚上闲聊，都请来吧！我结婚的最初几年，还没有分炊，大家都在堂屋里吃大锅饭。这大圆桌从早点起就不清闲，因为婆婆自己吃，公公又另吃，一天到晚像开流水席似的。婆婆最爱招呼她的儿子们多吃，早上她说："要饱早上饱，要好祖上好。"午饭时她说："吃是本分，穿是威风。"只有在晚饭时她也许会说一声："晚饭少吃口，活到九十九。"有时在杯盘狼藉盘底朝天的饭后，她倒也开玩笑说："真是吃得家人落泪狗摇头呀！"人多嘴杂她便说："乱得像素菜！"因为南京人过年都要炒十样素菜，把每种菜切成丝炒好掺合在一起。

婆母讲到她做儿媳妇时代的生活，便说："那时候儿媳不好做呀！要起五更梳头，早起三光，迟起慌张嘛！"所谓三光，是头、脸、脚。早起早梳洗，迟起误了到婆婆屋去请安，是有失礼貌的。那时梳头、缠足是费时的化妆。我知道婆婆每天晚上洗脚缠足总要弄到半夜才入睡。她对她的儿子们最卫护，有时她见儿子和媳妇争论，她不愿责备儿子，又不好叫儿媳妇让步，便会说："男人是'嘴上长狗毛'的，别理他！"她就以这样轻松的口气，明着是骂儿子，私心却是要儿媳妇让着儿子，多么有技巧呀！

红氍毹上一坤伶

从大陆可以辗转传来家人消息的时候，我一直听不到姨娘的音讯，她就是我的三位婆婆之一，公公的姨太太。到后来才点点滴滴地传来说，她是在公公之后故去的。公公是一九六三年九十岁时去世，比公公大一岁的婆婆则在一九五〇年七十八岁时去世，他们都很幸运，没有活到"文化大革命"。姨娘就惨了，她独自一人不知住在哪里，家中的人下放的、被斗争清算的，谁也顾不了谁。据说姨娘的大批财产——房屋、金子、皮货，都已上缴了。到后来她病亡的时候，通知夏家，夏家却说早已跟她划清界限了，因此不能治理丧事，最后是由她娘家嫂子办理的。从十八岁就跟了公公的姨娘，就是那么孤独地在一九七三年七十二岁时离开人世了。

林佩卿，姨娘的艺名，是当年在北平城南游艺园唱老旦有些名气的坤伶。林佩卿当年在红氍毹上的风采，如今老一辈在北平常听戏的，或许会有些记忆。她在舞台上的生命虽不长，但听说她以一个十几岁的大姑娘扮演老旦，唱做俱佳，也是难得。她亭亭玉立，北方人的高挑个儿，白净的皮肤，端正的五官，皓洁整齐的贝齿。按说以这样一个标致的女孩子，是应当唱青衣花旦吧，为什么去唱那拄杖哈腰的老旦呢？原来林佩卿是满洲旗人家的姑娘，虽然不知道她是镶的哪颜色的旗，但确知她是个良家女儿。辛亥以后，旗人子弟无以为生，被送去学戏的很多，也不算稀罕。林佩卿的哥哥学拉胡琴，妹妹学唱，但毕竟是保守人家，不忍心自己的女儿在舞台上搔首弄姿地演花旦，就选了不容易大红大紫，也不容易上大轴戏的老旦来学。想象中，她的年轻时代，修长清癯的扮相，一声"叫张义，我的儿……"也曾赢得了不少喝彩声吧！

我见到她的时候，她已经是中年妇人了，平整光亮地绾一个髻，耳朵上是一对珍珠耳坠，很大方，也有气度。而且她跟了公公以后，洗尽铅华，不要说绝口不提她的舞台生活，连哼也没哼过一句戏词儿哪！在我们那个旧家庭里，对于身世的重要，远超过金钱。婆婆在生了九个儿女，含辛茹苦地带大之后，丈夫却又娶了一房姨太太，婆婆当然受不了，而且在这保守的读书人家里，也没有娶姨太的。当年的公公是个风流倜傥的才子，宦海得意，他接姨娘最初是在城南的贾家胡同筑"爱巢"，后来公公为了要把姨娘接回家，所以先征得两个大儿子的同意，而且他们也有时到贾家胡同去，只是瞒了婆婆一个人。公公在沉痛之下，曾对儿子们说："我一生就做错了这么一件事，对不起你们的娘。"他又解释说："我不过是和朋友赌一口气。"公公究竟是和哪个朋友赌的气，又是哪门子气，家里也没有人知道。婆婆当然常常不愉快，有时也会闹一闹，公公也没办法，他对婆婆是敬重的，有几分怕她。当然公公也爱婆婆，他爱婆婆是敬畏的爱，责任的爱；他爱姨娘是怜惜的爱，由衷的爱。姨娘跟公公时，还是一个完美无瑕的大姑娘。

姨娘曾经洗砚研墨，跟着公公学字学诗，也风雅过几年。我不以为公公所说的"我一生就做错了这么一件事"，是一句由衷的话，我想她仍是公公的一个爱妾，只是公公在老妻和那么一堆大儿大女面前，不愿过分表现对她的情意就是了。然而，从公公的许多诗词文章中，字里行间都有和姨娘的爱情的履痕屐迹在啊！公公在文中多称姨娘为"曼姬"，他偶尔也提到婆婆，他管婆婆叫"健妇"。每有游，必赋诗；每游必有"携曼姬游"的字样，从这里还看不出公公对姨娘的情意吗？

姨娘是个非常节省的人，公公北伐前在关外做官的那个时期，该是姨娘这一生最风光得意的年代了。她跟着公公在关外逍遥自在地住了几年，上面没有"大"，下面没有"小"，她是唯一的一个。回关来的时候，有几箱子皮货，我婚后只见她每届春季便在院子晒皮货，家中上上下下为之侧目。我记得我到堂屋去的时候，婆婆便会唤住我，跷起了小拇指说："这个人，又在晒皮货啦！"这几箱皮货，终于落到上缴的地步。

我和姨娘很谈得来，在大家庭时，她就住在我楼下，我下楼见她屋门敞开着，就进去聊聊天。她也喜欢吾儿祖焯，在要来台湾时，她正好住娘家，我带了焯儿向她辞行，她把收集的旧中交票、河北银钱局崭新的拾枚、贰拾枚票送给焯儿，我至今还保留着。

姨娘一生无所出，想跟婆婆姊妹相称，被婆婆拒绝，虽收到老七做儿子，但婆媳间相处极恶。她一生没得到什么，得到的只有公公对她的全心的爱吧！

独向黄昏一孤冢

在箱子底下，压着一个老式的提袋，是用梭子手工织的，现在的女孩子不懂得梭子这玩意儿，我在小学的女生缝纫课上，倒也略学过，那编织方式就像现在用钩针钩线绳一样。抗战胜利以后，这线织提袋是由承栋二哥带回来交给我们，里面是装了一包五婶留给我的"细软"——一对金镯、玉珮等等。

她是我从来没见过的婆婆，承楹过继给她的时候，我还不知道在哪儿，等到我们一九三九年结婚，她已经随着南京的大批家人逃难直奔入川了。我手中除了"细软"之外，还留有她和我的通信。我们结婚后，就寄信并结婚照给她，虽然一在日本占据的北平，一在抗战的后方，但通信的机会，比现在台湾跟大陆似乎还好些呢！

五婶也姓林，名宝琴，字蕴如。她初知道我也姓林，非常高兴，一九四〇年一月八日来信说："……昨接来信照片，披阅之下，恍如面晤，见汝（指承楹）身体似觉略长，面容亦较丰满，深慰远念，汝与含英工作相偕，志同道合，甚善甚善。含英与我同姓，自是一家，今为姑媳，可谓有缘，唯望得归故里相聚，则予愿足矣！"接着她把南京五叔留下的房产，仔细地描绘了一遍，并且详细地告诉我们，前进后进属谁属谁，告诉我们要注意，其实这所房子已被日本人炸为平地，怎好告诉她。

五婶是在她们老妯娌中，学识最高的，她自幼随她的祖父读经史，后来曾在江苏省立女子师范学校任国文及历史教职。她的旧诗尤佳。林家和夏家同属江宁籍，两代相交，五婶是在芜湖和五叔结婚的。五叔是承楹最小的叔叔，因为得祖母的钟爱吧，读书平平，我想他还不及他妻子的文采！

我写此文，本预备找到五婶的照片同刊，曾写信给五婶的娘家侄子我们的表兄林杞先生，可惜的是他手中也没有，倒是告诉我一些林家族史，及他追忆姑母的事迹。最可贵的是林表兄把留在他手中的唯一的一册五婶的手迹，入川以后的诗著寄给我，他信中说：

"知道你要写一篇纪念'我的三位婆婆'的文章，意义非常好，也表示了你的孝思。你亦是林家姑奶，你以往未见过我的五姑（即你们的五婶），林家过去的事也应当知道一些，在这资料中更可知她老人家的身世个性……"

五婶的手泽，是写在毛边纸订成的本子上，题名"随记"，纸已发黄，是从一九三七年因抗日离南京，先避难到安徽当涂、无为，一路以诗方式写的，写到她居四川白沙，共得四十四首，是可谓史诗了。五婶是一九四三年谢世，时年六十八岁。这手泽保存了半世纪。

她和五叔无所出，五叔是个平庸的男人，但他们的感情非常好。五叔于一九三四年去世，从此她就孤独地过了一生。抗战时期，我们与她海天远隔，虽然过继给她，却可说没尽到孝，真是遗憾。她疼爱承楹和我，就在那样的艰苦抗战岁月，她又多病，还给我留下些首饰，如换别人不是早该变卖疗病了吗？

在她的四十四首诗作中，大都是思乡忧国之作，一路进川，对于写景也非常好，我吟之再三，不禁鼻酸，想到她入川后，一直期待归回故园，终不可得，或可以说是忧伤而去吧！她最初是由南京避难到当涂、无为，有一首《过于湖》写她于清光绪丙申在芜湖归夏氏，今番重游已经是四十一年过去了。《舟行》一首写海上险景：

四十余人共一船，风波险阻泊江边。

天心故厄颠连者，历尽凄凉草舍前。

（舟行避着泊于僻处险风三日，岸边有草屋三间。）

她从无为又到汉口，由汉口入川，经过宜昌，《自宜昌入蜀道中》写道：

层峦叠嶂倚天开，避户山居次第排。

梯级生成如建设，宛然图自画中来。

蜀山雄秀蜀江清，三峡奔流宛转行。

潮打浪花侵客坐，崎岖怪石水中生。

到了四川以后，在一次轰炸后奔赴白沙居住，便去世于此，她曾于《江楼闲眺》写道：

家住吴山畔，人居蜀道边。思乡流尽泪，望远隔遥天。每忆儿曹信，时怀雁序还。漂零何日已，空赋断肠篇。

万种愁思并，艰难集一身。病深唯占药，家远故依人。倚枕听朝市，凭窗望水濒。扁舟归去客，怅触暗伤神。

她在一首《山墓》中写道：

青青墓上草，中有长眠人。

美君宁静处，却免撄风尘。

这是她诗作中的最后一首，岂不是为自己写照？五婶的孤冢留在四川白沙，却也有四十四年之久了。

我的三位婆婆，除了亲婆婆过世较早几年，也许还有家人的祭拜，另两位婆婆就更可怜了。五婶某诗中有"闲庭寂寂景萧条"之句，读后感触颇深。前年焞儿夫妇由美到大陆去，到了北京他要去永光寺故居，那宅子已经住了二三十家人，堂兄弟不要他去，他非要去，他说："我要看看奶奶的堂屋，我小时在那儿嬉戏的地方。"堂弟拗他不过，他去了，庭院杂乱一片，盖满了一家家的小厨房，他想由院子里拍一张奶奶堂屋的照片而不可得，只好从长廊直照过去，那是怎样一张破烂照片啊！

平凡之家

感谢朋友们的关怀，她们的来信总是关心到我的生活："真难为你拖儿带女的""不用人还拖着三个孩子""既不用人还要写文章"……大概我在不曾见面，或者久不见面的朋友想象里，该是一个一天到晚愁眉苦脸，加上一肚子牢骚的女人，拖着三只丑小鸭，站在灶边，一顿又一顿，做着烧饭的奴隶，岂不是一个"准平凡"的女人吗？

说起平凡的生活，我确是一个乐于平凡的女人，朋友们都奇怪我在这两间小木房里，如何能达到康乐的地步？我却以为古人能够"一箪食，一瓢饮，在陋巷"而不改其乐，我怎么就不能在这十叠半的天地里自得其乐呢？西谚有云："听不见孩子哭声的，不算是完整的家。"那么我对于儿女绕膝的福分，还不应当满足吗？在我们的小家庭里，我的女高音从来是压不住孩子们的三部合唱。有时候我要跟他谈几句话，竟会被正在高谈阔论的小女儿喝道："妈妈不要插嘴！"我们的平凡生活里，孩子是主要的成分呢！

我读过许多描写得有如琼楼玉宇的"吾庐"文章，看看别人所描绘的家，对于并不属于我的十叠半的"吾庐"就更不敢献丑了。但是正如梁实秋先生对他在四川居住的"雅舍"所说："我不论住在哪里，只要住得稍久，对那房子便发生感情，非不得已，我还是舍不得搬……纵然不能蔽风雨，'雅舍'还是自有它的个性，有个性就可爱。"我最初搬到这十叠半来的时候，心情之沉重，难以形容，看着堆在壁橱里的十五公斤行李，想起北平扔下的一大片，真要令人闷绝，怕他骂我想不开，夜里钻在被窝里，不知淌了多少眼泪！但是两年住下来，就犯了北平人的懒脾气。最近听说他的机关有意把我们全家配到一栋多出两叠的房子去，自幽谷迁于乔木，可喜可贺，但是我和他反而留恋起两年厮守的这两间木屋来了，妈妈还以为我是舍不得曾投资于修理厨房的两包水泥呢！

今日阳光照在书桌上，觉得格外温暖，我忽然想起这两年来，在这十叠半的天地里，实在是健康多过病弱，快乐多过忧愁，辛勤多过懒散，接待过许多徘徊台北的朋友，有过多少次的夜谈之乐，这一切怎不使人对这木屋的情趣留恋呢！

我们的生活情趣重于快乐的追求，有人说我们该是没有理由快乐的家庭，丈夫是一个自甘淡泊的人，因之我们的生活也就来得紧张些，但是我们在紧张中却不肯牺牲"忙里偷闲"的享受。张潮《论闲与友》里说："人莫乐于闲，非无所事事之谓也。闲则能读书，闲则能游名胜，闲则能交益友，闲则能饮酒，闲则能著书。天下之乐，孰大于是？"然则快乐的心情，却要自己去体味。有人看我们在孩子们熟睡后，竟敢反锁街门跑去看一场电影，替我们捏一把汗，说是台湾的小偷闹得很凶，可是我们仍不愿放弃儿辈上床后的这一段悠闲的时间，夜读、夜写、夜谈、夜游，都是乐趣无穷的。有时候夜读疲倦，披衣而起，让孩子们在梦中守家，我们俩到附近的夜市去吃一碗担仔面，回来后如果高兴的话，也许摊开稿纸，把瞬间所引起的情感记在上面。

把一切归罪于"贫穷"，是现代生活里人们常有的心情，我却以为应当体味我在《祖母的精神生活》一书中所说的祖母的人生观：

"孤独不算孤独，贫穷不算贫穷，软弱不算软弱，如果你日夜用快乐去欢迎它们，生命便能放射出像花卉和香草一样的芬芳——使它更丰富，更灿烂，更不朽了——这便是你的成功。"

捉住光阴的实际，快乐而努力地过下去，不做无病呻吟，一个平凡女人的平凡生活，如此而已。

书 桌

窥探我家的"后窗",是用不着望远镜的。过路的人只要稍微把头一歪,后窗里的一切,便可以一览无遗。而最先看到的,便是临窗这张让人触目惊心的书桌!

提起这张书桌,很使我不舒服,因为在我行使主妇职权的范围内,它竟属例外!许久以来,他每天早上挟起黑皮包要上班前,都不会忘记对我下这么一道令:

"我的书桌可不许动!"

这句话说久了真像一句格言,我们随时随地都要以这句"格言"为警惕。

对正在擦桌抹椅的阿彩,我说:"先生的书桌可不许动!"

对正在寻笔找墨的孩子们,我说:"爸爸的书桌可不许动!"

就连刚会单字发音的老四都知道,爬上了书桌前的藤椅,立刻拍拍自己的小屁股,嘴里发出很干脆的一个字:"打!"跟着便赶快自动地爬下来。

但是看一看他的书桌在继续保持"不许动"之下，变成了怎样的情形！

书桌上的一切，本是代表他的生活的全部，包括物质的与精神的。他仰仗它，得以养家糊口；他仰仗它，达到写读之乐。但我真不知道当他要写或读的时候，是要怎样刨开了桌面上的一片荒芜，好给自己展开一块耕耘之地。忘记盖盖的墨水瓶、和老鼠共食的花生米、剔断的牙签、眼药瓶、眼镜盒、手电筒、回形针、废笔头……散漫地布满在灰尘朦胧的"玻璃垫上"！另外再有便是东一堆书，西一叠报，无数张剪报夹在无数册的书本里。字典里是纸片，地图里也是纸片。这一切都亟待整理，但是他说："不许动！"

不许动，使我想起来一个笑话：一个被汽车撞伤的行人呻吟路中，大家主张赶快送医院救治，但是他的家属却说："不许动！我们要保持现场等着警察来。"不错，我们每天便是以"保持现场等着警察来"的心情看着这张书桌，任其脏乱！

窗明几净表示这家有一个勤快的主妇，何况我尚有"好妻子"的衔称，想到这儿，我简直有点儿冒火儿，他使我的美誉蒙受污辱，我决定要彻底地清理一下这书桌，我不能再等着警察了。

要想把这张混乱的书桌清理出来，并不简单，我一面勘查现场一面运用我的智慧。怎样使它达到清洁、整齐、美观、实用的地步呢？因为除了清洁以外，势必还得把桌面上的东西分门别类地整理一下，使物各就其位，然后才能有随手取用的便利，这一点是要着重的。

我首先把牙签盒送到餐桌上，眼药瓶送回医药箱，眼镜盒应当摆进抽屉里，手电筒是压在枕头底下的，这是第一步。第二步就轮到那些书报了，应当怎么样使它们各就其位呢？我又想起一个故事：据说好莱坞有一位附庸风雅的明星，她买了许多名贵的书籍，排列在书架上，竟是以书皮的颜色分类的，多事的记者便把这件事传出去了。但是我想我还不至于浅薄如此，就凭我在图书馆的那几年编目的经验，对于杜威的十进分类法倒还有两手儿。可是就这张书桌上的文化，也值得我小题大做地把杜威抬出来吗？

待我思索了一会儿以后，决定把这书桌上的文化分成三大类，我先把夹在书本里的剪报全部抖搂出来，剪报就是剪报，把它们合成一叠放进一个纸夹里，要参考什么资料，打开纸夹随手取用，便利极了。字典和地图里的纸片是该送进字纸篓的，我又把书本分中西高矮排列起来，整齐多了。至于报纸，留下最近两天的，剩下都跟酱油瓶子一块儿卖出去了，叫卖新闻纸酒干的老头儿来得也正是时候。

这样一来，书桌上立刻面目一新，玻璃垫经过一番抹擦，光可鉴人，这时连后窗都显得亮些，玻璃垫下压着的全家福也重见天日，照片上的男主人似对我微笑，感谢贤妻这一早上的辛劳。

他如时而归。仍是老规矩，推车，取下黑皮包，脱鞋，进屋，奔向书桌。

我以轻松愉快的心情等待着。

有一会儿了，屋里没有声音。这时我并不稀奇，我了解做了丈夫的男人，一点残余的男性优越感尚在作祟——男人一旦结婚，立刻对妻子收敛起赞扬的口气，一切都透着应该的神气，但内心总还是……想到这儿，我的嘴角不觉微微一翕，笑了，我像原谅一个小孩子一样地原谅他了。

但是这时一张铁青的瘦脸孔，忽然来到我的面前：

"报呢？"

"报？啊，最近两天的都在书桌左上方。旧的刚卖了，今天的价钱还不错，一块四一斤，还是台斤。"

"我是说——剪报呢？"口气有点儿不对。

"剪报，喏，"我把纸夹递给他，"这比你散夹在书报里方便多了。"

"但是，我现在怎么有时间在这一大叠里找出我所要用的？"

"我可以先替你找呀！要关于哪类的？亚盟停开的消息？亚洲排球赛输给人家的消息？还是关于联邦德国独立？或者越南的？"我正计划着有时间把剪报全部贴起来分类保存，资料室的工作我也干过。

但是他气哼哼地把书一本本地抽出来，这本翻翻，那本翻翻，一面对我沉着脸说："我不是说过我的书桌不许动吗？我这个人做事最有条理，什么东西放在什么地方，都是有一定规矩的，现在，全乱了！"

世间有些事情很难说出它们的正或反：有人认为臭豆腐的实际味道香美无比，有人却说玉兰花闻久了有厕所味儿！正像关于书桌怎样才算整齐这件事，我和他便有臭豆腐和玉兰花的两种不同看法。

虽然如此，我并没有停止给他收拾书桌的工作，事实将是最好的证明，我认为。

但是在两天后，他却给我提出新的证明来。这一天他狂笑地捧着一本书，送到我面前："看看这一段，原来别人也跟我有同感，事实是最好的证明！哈哈哈！"他的笑声要冲破天花板。

在一篇题名《人人愿意自己是别人》的文章里，他拿红笔勾出了其中的一段：

"……一个认真的女仆，绝不甘心只做别人吩咐于她的工作。她有一份过剩的精力，她想成为一个家务上的改革者。于是她跑到主人的书桌前，给它来一次彻底的革新，她按照自己的主意把纸片收拾干净。当这位倒霉的主人回家时，发现他的亲切的杂乱已被改为荒谬的条理了……"

有人以为——这下子你完全失败了，放弃对他的书桌彻底改革的那种决心吧！但人们的这种揣测并不可靠，要知道，我们的结合绝非偶然，是经过了三年的彼此认识，才决定"交换饰物"的！我终于在箱底找出了"事实的更好的证明"——在一束陈旧的信札中，我打开来最后的一封，这是一个男人在结束他的单身生活的前夕，给他的"女朋友"的最后一封信，我也把其中的一段用红笔重重地勾出来：

"……从明天起，你就是这家的主宰，你有权改革这家中的一切而使它产生一番新气象。我的一向紊乱的书桌，也将由你的勤勉的双手整理得井井有条，使我读于斯，写于斯，时时都会因有你这样一位妻子而感觉到幸福与骄傲……"

我把它压在全家福的旁边。

结果呢？——性急的读者总喜欢打听结果，他们急于想知道现在书桌的情况，是"亲切的杂乱"呢，还是"荒谬的条理"？关于这张书桌，我不打算再加以说明了，但我不妨说的是，当他看到自己早年的爱情的诺言后，是用罕有的、温和的口气在我耳旁悄声地说："算你赢，还不行吗？"

教子无方

　　母亲骂我不会管教孩子，她说我："该管不管！"我也觉得我的儿童教育有点儿特别。

　　刚下过雨，孩子们向我请求：

　　"让我们光脚去玩，好不好？"

　　我满口答应，孩子们高兴极了，脱下"板板"，卷起裤腿儿，三个一阵呼啸而去。母亲怪我放纵，她说满街雨水，不应当让孩子们光脚去蹚水。我回答母亲："蹚水是顶好玩儿的事，我小的时候不是最爱蹚水吗？"母亲只好骂我一句："该管不管！"

　　我们的小家庭里，为孩子的设备简直没有，他们勉强算是有一间三叠的卧室，还要匀出我放小书桌和缝衣机的地盘来。还有三个抽屉归他们每人一个，有时三个孩子拉出抽屉来摆弄一阵子，里面也无非是些碎纸烂片破盒子。他们只有一盒积木算是比较贵重的玩具，它的来历是：

　　儿童节的头一天，大的从高级班同学那里借来全套"童子军"

武装，我家务忙，没顾得问他，所以，第二天一早，他穿上"童子军"武装就没了影儿。到了晌午，只见他笑嘻嘻满载而归，发了邪财似的，摆了一桌子文房四宝——笔墨纸砚什么的，还大大方方地赏了妹妹们一盒积木。问他到哪儿去了，他这才踌躇满志，挺着胸脯说：

"今天儿童节，我代表学校到教育厅'接见'厅长去了。这些全是他赏的。"

我们一听，非同小可，午饭多给了他一块排骨啃。整个晚上大家都拿"'接见'厅长"当题目谈笑。

就是这样，我们既没有游戏室，又没有时间带他们到海滨去度周末，蹚蹚街上的雨水，就好比我们家门前是一片海滩，岂不很好？而且他们蹚着水最快乐，好像我的童年时一样——说实话，到今天我都不爱打伞、穿雨衣，让雨淋满身、满头、满脸，冰凉凉最舒服。

我记得童年时候，喜欢做许多事情都是爸妈所不喜欢的，因为他们不喜欢，我便更喜欢，所以常常要背着他们做。我和二妹谈起童年的淘气，至今犹觉开心。我们最喜欢听到爸妈不在家的消息，因为那时候我们便可以任意而为，比如扯下床单把瘦鸡子似的五妹包在里面，我和二妹两头儿拉着，来回地摇，"瘦鸡子"笑，我们也笑，连管不了我们的奶妈都笑起来了（可见她也喜欢淘气）。笑得没了力气，手一松，床单裹着人一齐摔到地下，"瘦鸡子"哇地哭了，我们更笑得厉害，虽然知道爸爸回来免不了吃一顿手心板。

雨天无聊，孩子们最喜欢爬到壁橱里去玩，我起初是绝对不许的，如果他们趁我买菜时候爬到里面去，回来一定会挨我一顿臭骂。有一次我们要出门，二女儿问爸爸：

"妈妈也出去吗？"

爸爸说："是的。"

二女儿把两条长辫子向后一甩，拍着小手儿笑嘻嘻地向三女儿说：

"妈妈也出去，我们好开心！"

我正在房里换衣服，听了似有所悟，他们像我一样吗？喜欢背着爸妈做些更淘气的"勾当"？我的爸妈那样管束我，并没有多大效力，我又何必施诸儿女？这以后，我便把尺度放宽，甚至有时帮助他们把枕头堆起来，造成一座结结实实的堡垒抵御敌人，枕头上常常留有他们的小泥脚印。母亲没办法，便只好又骂我："该管不管！"我心想，他们的淘气还不及我的童年一半呢！

成年人总是绷着脸儿管教孩子，好像我们从未有过童年，不知童年乐趣为何物何事。有一天我正伏案记童年，院里一阵骚动，加上母亲唉唉叹声，我知道孩子们又惹了祸，母亲喊："你来管管。"我疾步趋前，喝！三个丑小鸭一字儿排开，站在那里等候我发落。只见三张小脸儿三个颜色：我的小女儿一向就是"娇女儿泪多"，两行泪珠挂在她那"灵魂的窗户"上，闪闪发光；大女儿的脸上涂着"迷死弗多"口红，红得像台湾番鸭的脸；那老二，小字虽然没写完，鼻下却添了两撇仁丹胡子。一身的泥，一地的水。不管他们惹了什么样的祸，照着做母亲的习惯，总该上前各赏一记耳光，我本想发发脾气，但是看着他们三张等候发落的小花脸儿，想着我的童年，不禁哑然失笑。孩子们善观气色，便也扑哧哧都笑起来，我们娘儿四个笑成一团。母亲又骂我："该管不管！"我也只好自叹"教子无方"了。

鸭的喜剧

"好，被我发现了！"

尖而细的声音从厨房窗外的地方发出来，说话的是我们那长睫毛的老三。俗话说得好："大的傻，二的乖，三的歪。"她总比别人名堂多。

这一声尖叫有了反应，睡懒觉的老大，吃点心的老二，连那摇摇学步的老四，都奔向厨房去了。正在洗脸的我，也不由得向窗外伸了头，只见四个脑袋扎作一堆，正围在那儿看什么东西。啊，糟了！我想起来了，那是放簸箕的地方，昨天晚上……

"看！"仍然是歪姑娘的声音，"这是什么？橘子皮？花生皮？还有……"

"陈皮梅的核儿！"老大说。

"包酥糖的纸！"老二说。

然后四张小脸抬起来冲着我，长睫毛的那个，把眼睛使劲挤一下，头一斜，带着质问的口气："讲出道理来呀！"

我望着正在刮胡子的他，做无可奈何的苦笑。我的道理还没有编出来呢，又来了一嗓子干脆的：

"赔！"

没话说，最后我们总算讲妥了，以一场电影来赔偿我们昨晚"偷吃东西"的过失，因为"偷吃东西"是我们在孩子面前所犯的最严重的"欺骗罪"。

我们喜欢在孩子睡觉以后吃一点东西，没有人抢，没有分配不均的纠纷。在静静的夜里，我们一面看着书报，一面剥着士林的黄土炒花生，窸窸窣窣，好像夜半的老鼠在字纸篓里翻动花生壳的声音。

我们随手把皮壳塞进小几上的玻璃烟缸里，留待明天再倒掉。可是明天问题就来了，群儿早起，早在仆妇打扫之前，就发现塞满了垃圾的烟缸。

"哪儿来的花生皮？"我被质问了，匆忙之间拿了一句瞎话来搪塞，"王伯伯来了，带了他家大宝，当然要买点儿东西——给他吃呀！"我一说瞎话就要咽唾沫。

但是王伯伯不会天天带大宝来的，我们的瞎话被揭穿了，于是被孩子们防备起"偷吃东西"来了。他们每天早晨调查烟缸、字纸篓。我们不得不在"偷吃"之后，做一番"灭迹"工作。

"我一定要等，"有一次我们预备去看晚场电影，在穿鞋的时候，听见老二对老三说，"他们一定会带回东西来偷偷吃的。"

"我也一定不睡！"老三也下了决心。

　　这一晚我们没忘记两个发誓等待的孩子，特意多买了几块泡泡糖。可是进门没听见欢呼声，天可怜见，一对难姊难妹合坐在一张沙发上竟睡着了！两个小身体裹在一件我的大衣里，冷得缩作一团。墙上挂的小黑板上写了几个粉笔字："我们一定要等妈妈买回吃的东西。"旁边还很讲究地写上注音符号呢！

　　把她们抱上床，我试着轻轻地喊："喂，醒醒，糖买回来啦！"两双眼睛努力地睁开来，可是一下子又闭上了，她们实在太困了。

　　小孩子真是这么好欺骗吗？起码我们的孩子不是的，第二天早上，当她们在枕头边发现了留给她们的糖，高兴得直喊奇怪，她们忘记是怎么没等着妈妈而回到床上睡的了。

　　但是这并没有减轻我们的"灭迹"工作，当烟缸、字纸篓都失效的时候，我居然怪聪明地想到厨房外的簸箕。谁想还是"人赃俱获"了呢！

　　讲条件也不容易，他们喊价很高：一场电影，一个橘子，一块泡泡糖，电影看完还得去吃四喜汤团。一直压到最后只剩一场电影，是很费了一些口舌的。

　　逢到这时，母亲就会骂我："惯得不像样儿！"她总嫌我不会管孩子，我承认这一点。但是母亲说这种话的时候，完全忘了她自己曾经有几个淘气的女儿了！

　　我实在不会管孩子，我的尊严的面孔常常被我的不够尊严的心情所击破。这种情形，似乎我家老二最能给我道破。

火气冒上来收敛不住，被我一顿痛骂后的小脸蛋都傻了。发泄最痛快，在屋小、人多、事杂的我们的生活环境下，孩子们有时有些不太紧要的过错，也不由得让人冒火儿，其实只是想借此发泄一下罢了。怒气消了，怒容还挂在脸上，我们对绷着脸。但是孩子挨了骂的样子，实在令人发噱，我努力抑制住几乎可以发出的狂笑，把头转过去不看他们，或者用一张报遮住了脸，立刻把噘着的嘴唇松开来。这时我可以听见老二的声音，她轻轻地对老三说："妈妈想笑了！"

果然，我真忍不住地笑了起来，孩子们恐怕也早就想笑了吧，我们笑成一堆，好像在看滑稽电影。

老大虽然是个粗心大意的男孩子，却也知母甚深，三年前还在小学读书时，便在一篇题名《我的家庭》的作文里，把我分析了一下：

"我的妈妈出生在日本大阪，五岁去北平，国语讲得很好。她很能吃苦耐劳，有一次我参加讲演要穿新制服，她费了一晚上的工夫就给我缝好了。不过她的脾气很暴躁，大概是生活压迫的缘故。"

看到末一句我又忍不住笑了，我立刻想到套一句成语："生我者父母，知我者儿女。"

我曾经把我的孩子们称为"三只丑小鸭"，但这称号在维持了八年之后的去年是不适宜了，因为我们又有了第四只。我用食指轻划着她的小红脸，心中是一片快乐，看着这个从我身体里分化出来的小肉体，给了我许多对人生神秘和奥妙的感觉。所以我整天搂着我的婴儿，不断地亲吻和喃喃自语，我的北平朋友用艳羡的口吻骂我："瞧，疼孩子疼得多寒碜！"人生有许多快乐的事情，再没有比做一个新生婴儿的妈妈更快乐。

人们会问到我四只鸭子的性别：几个男的？几个女的？说到这，我又不免要啰嗦几句：

当一些自命为会算命看相的朋友看到我时，从前身、背影、侧面，都断定我将要再做一个男孩的妈妈。我也有这种感觉，因为我已经有的是一个男孩和两个女孩，按理想，应当再给我一个男孩。没看见戏台上的龙套吗？总是一边儿站两个才相衬。但是我们的第四个龙套竟走错了上场门，她站到已经有了两个的那边去了，给我们形成了三个女孩和一个男孩的比例，我不免有点懊丧。

因此外面有了谣言，人们在说我重男轻女了，这真冤枉，老四一直就是我的心肝宝贝！

我的丈夫便拿龙套的比喻向人们解释，他说："你们几时见过戏台上的龙套是一边儿站三个，一边儿站一个的呀？"

但是这种场面我倒是见过一次，那年票友唱戏大家起哄，真把龙套故意摆成三比一，专为博观众一乐，这是喜剧。

我是快乐的女人，我们的家一向就是充满了喜剧的气氛，随时都有令人发笑的可能，那么天赐我三与一之比，是有道理的了！

万物可爱

无论在房屋建筑上，在人们生活中，窗是占了重要的地位。

"窗明几净"，是勤快主妇的表现，而文人的家庭，

也总是把书桌分配到窗下，迎着窗前的景色，

执笔人的思潮便会如泉水一样地涌出。

我们在漫长的旅途上，

也是仗了车有车窗、船有船窗才把沿途的风景一览无余。

灯

我们在劳人草草的生活中，的确把"友谊"这件事耽误了许多。平日因为公私两忙而无暇顾及友情之乐，可是偶然碰上清闲的夜晚，又会感到一种"暴风雨前的平静"的寂寞，希望这时闯进两位"不速之客"来，作长夜之谈。

施耐庵说："吾友来，亦不便饮酒；欲饮则饮，欲止则止，各随其心，不以酒为乐，以谈为乐也。吾友谈不及朝廷，非但安分，亦以路遥，传闻为多。传闻之言无实，无实即徒丧唾津矣。亦不及人过失者，天下之人本无过失，不应吾诋诬之也。所发之言，不求惊人，人亦不惊，未尝不欲人解，而人卒亦不能解者。事在性情之际，世人多忙，未曾常闻也。"这是在承平之世的"道德的谈话"，所以有那么多的限制，在今天看来，未免与"言论自由"有所抵触。

林语堂先生在一篇《谈友谊》的文章里说过："谈话的适当格调，也就是亲切浪漫不经心的格调，这种谈话的参加者已经失掉了他们的自觉，完全忘掉他们穿什么衣服，怎样说话，怎样打喷嚏，把双手放在什么地方，并且也不注意谈话的趋向如何。谈话应是遇见知己，开畅胸怀，一个人两脚高置桌上，一个人坐在窗槛上，又一个坐在地上，由沙发上拿去一个垫子做坐垫，却使三分之一的沙发空着。因为只有当你手足松弛着，身体位置很舒服的时候，你的心灵才能够轻松闲适。到这时候便'对面只有知心友，两旁俱无碍目人'。"夜谈之乐，大抵在此。

这种种友情之乐的境界，我们完全明了而且乐于享受。只是在人世多忙的今日，碰上赶写稿子的夜晚，如有"不速之客"的闯入，也许会使主客局促不安。客人会进退维谷，后悔他今晚剩余的时间分配得不恰当。主人也有留客既难，逐客更不像话的感觉。

某年曾在洋杂志上读过一篇《寂寞的蓝灯》的小文，作者意思是说他提倡每个家庭的门前装上一盏蓝色的小灯，如果这个家庭在寂寞的夜晚欢迎"不速之客"来聊天、打牌的话，就把小蓝灯亮起来，好像一个"呼救"的信号，他的寂寞的朋友散步经过门前，看见了灯，就可以登门拜访。反之，如果这盏灯不亮，就证明主人今夜无暇，不必去打搅，可以再到别处去找灯光。

这种主张很新颖，假定台北市家家门前有这样一盏灯，不晓得每天晚上有多少盏在亮着？是晴天多呢，还是雨天多？是冬天多呢，还是夏天多？这准是一个很有趣味的统计。

门

因为门是预备隔绝内和外的设备，所以在房屋的建筑上，门总是比窗少的。但是我们住的这种日式木屋却不然，房间里一扇扇的纸门排列起来，关着就是墙，推开就是门。有许多人喜欢锁门，因此对于这种木屋的纸门表示不满意，说它不够严慎，不足以防盗。

木屋的门也实在太多了，有时一间房子四面都是门；三面是可以通到别的房间的，一面是壁橱的。方便是方便，从这个门走，可以通到走廊，通到厕所；从那个门走，可以通到厨房，通到客厅，通到门口。我们中国的房屋建筑就忌多开门，一个房间如果碰巧有了五个门，那就是最不吉祥的"五鬼门"了。

说到门，我们便会兴起这样的印象：门是森严的、拒绝的、摒弃的、无情的东西。我们如果去访问一个生人，走到他家的门前，必然会先注视他家的门型。"板门虚掩"的主人也许容易打交道，"门禁森严"的主人也许有一副铁青的面孔。有所求的人，走到主人的门前就会踌躇、徘徊、彷徨，不知道门内的情形如何。如果再听见几声狗叫，更是令人胆怯。现在虽然没有递"门包"的讲究，但是"门禁森严"的人家，常常还要配上狼狗的声音的。

门是一种代表物，所以才有"装门面"的说法。门就像我们的脸一样，男人要把"门面"上的胡子刮干净才有精神，像除去门前的蔓草；女人要涂脂抹粉来增加美丽，像把门油漆了。我们知道朱红的门最美，像女人的红唇那样；但是朱门也常隐藏罪恶，杜甫说"朱门酒肉臭，路有冻死骨"。

门既是代表物，所以还有"门风"的说法。读书的人家如果出了一个不肯读书的儿子，便是"败坏门风"，一家人都觉得可耻。但是我们也常常见有的人家，祖父好赌，儿子也好赌，孙子更好赌，这也是"门风"啊！

门还是势利的，门里的主人如果一朝得了势，拜倒门下的人不知有多少，那时就会"门限为穿"，或者"门庭若市"了。但是有一天"门前冷落"或者"门可罗雀"，那便代表主人的势力已经到了低潮了。

门虽然是对外的东西，但是关起门来也有许多玩意儿。惭愧的人关起门来"闭门思过"，自作聪明的人关起门来"闭门造车"。"思过"就是自省，还可以。"闭门造车"虽然精神可佩，但是因为太不科学，是没有成功的希望的。

窗

　　窗和门都是从墙上挖个洞而构成的，也都是可以开关的，但是因为名字的不同，意义也大有区别。门是要关的好，关了门可以把一切你所不喜欢的事情摒弃在外。所以门是无情的，我们看见"门禁森严"，便要掉头而返；吃了"闭门羹"，便会垂头丧气。

　　窗是要开的好，开了窗首先便迎进新鲜的空气、充分的阳光、美丽的风景。窗把我们和大自然的隔膜打开。有一位作家对于门和窗有这样一句妙语：

　　"父亲开了门请进了物质的丈夫，但是理想的爱人总是打窗子出进的。"

　　窗子是有情的，它使失望者得到安慰，不是吗？除了情人以外，贼也是喜欢打窗子出进的。

　　无论在房屋建筑上，在人们生活中，窗是占了重要的地位。"窗明几净"，是勤快主妇的表现，而文人的家庭，也总是把书桌分配到窗下，迎着窗前的景色，执笔人的思潮便会如泉水一样地涌出。我们在漫长的旅途上，也是仗了车有车窗、船有船窗才把沿途的风景一览无余。我们中国有一位美学家李笠翁，便是一位"窗"的欣赏者。他发明了扇形窗，开在湖舫上，因为中国的折扇上常画风景，湖舫上如果有了扇形窗，窗外的风景便如上了折扇。他又发明了"尺幅窗"，因为他家有一扇窗，窗外恰好是有"丹山碧水，茅屋板桥，茂林修竹"的好风景，他便用几张纸把窗的上下糊成中国字画的幅头，再镶上边儿，猛一进屋子的人，简直不知这是画的画儿呢，还是真的风景！

家家的窗外有着不同的环境，推窗而望，不同的风光便予人以不同的灵感。我家的窗和所有日式木屋的一样，里外两扇，推过来推过去。我家有一排窗是紧临着街的，所以过路的人偶一抬头，我家的风光便一览无余。我家卧室的窗也临着街。卧室是纯粹的卧室，摆床的时候煞费苦心，为了两面留出走路，不知靠在哪一头合适，最后还是让它贴着窗户。这样一来，虽然有许多讨厌处，比如各种市声都好像压在你耳旁吆唤，但是也有许多好处，送报的从窗缝里塞进报来，恰好落在枕旁。除了一排木栏杆隔断外，似乎家庭已经和市街融合为一了。

绿衣人也看中了这窗子的方便，他不再叫门，一封封的信从窗子递进来。我的小小书桌也是临窗的，有时正伏案写读，忽然听见自行车戛然而止停在窗前，等你抬起头来，一封信已经推到书桌上了。到后来，邻长的通知单，取电灯费的，取水费的，送稿费的，都到窗前便停步了。我家的窗户，除了人的进出外，已经代替了门的许多功用，甚至朋友的光临也是先到窗前来探探头，看看主人在家与否再叫门。

我分配给书桌的时间并不多，但是得空我总喜欢坐在桌前摸摸索索。有时一无所事，只是坐着望着窗外凝思，一云一叶都能勾起无边的思潮。夜晚，拉上窗帘，在万籁俱寂时伏案写作，不知夜深到什么程度，因此常常引起巡夜警察的疑心，他们轻轻儿地在窗前停下来静听着。过一会儿，似乎失望于没有四个人在搓麻将，便骑上车过去了。

我每天坐在这里，可以定时地看到许多不知姓名的熟悉的面孔，买菜的、上班的、上学的。我有时给他们编故事，猜他们的身世，估量他们的脾气，这真是一个思想的娱乐！

我常常想，如果有一天再回到北平，北平的朋友一定要问起我台湾的生活，我不会忘记告诉他们，几年的木屋生活里，窗子是占多么重要的地位。

看　象

象，全世界的人都很熟悉的一种动物。一想到它，我们眼前所浮现的，就是一只笨重庞大的身躯，甩着一条别的动物没有的长鼻子，慢慢移动着走来走去的——大象。

收集象

我家里收藏着大大小小有上千头的象，大家不要误会，以为那是真的象，不是的，它们只是各种质料做成的摆饰品。许多人问我，为什么喜欢收集象？动物里特别喜欢象吗？

说起我收集象的由来和经过，是一桩很偶然和有趣的事——

十几年前我们搬到新的家。一切弄停当了以后，我就想着该把众纸箱打开，弄点儿摆设出来摆摆咧！没想到一下子竟掏出几十只象来！它们比任何瓶瓶罐罐、小猫小兔的摆设品都多。一边回忆着：这是弟弟到泰国工作时带回来的，这是我到美国在加州大学街上地摊上买来的……一边就手往玻璃橱里摆，摆了一层不够摆两层，这几十只象就拢总自成一家地成了象园了。

自此以后，我在出国闲逛时，有意无意地看见了象，就会挑选收集带回来。所以我的千头象大部分是舶来品哪！不过我要说明，有一半以上的象是亲友所赠，甚至是他们亲手所制，真使我感动啊！

有些事可以记入我的象的札记，表示难忘。

有一天，再兴中学校长朱秀荣带了两只象送给我，我一看是檀香木雕刻的。"呀！檀香木是很贵重的，怎好接受？""不，"她说，"放在我家摆着不起眼，放在你这儿才显眼！"

有一年作家彭歌到欧洲参加国际笔会，给我带来了两只象，木制和瓷釉的。他说有一天下午是自由活动，他便一个人去逛街，不想遇见了张心漪和张兰熙两位会员也来逛街，互问之下才知道都是为了："看看有什么好看的象买回去给海音！"说完彼此大笑，就把买象的任务交给彭歌，她们另去逛女人市场了，所以这两只象是他们三人合送的。

有一年张兰熙又到什么地方去开笔会，飞机迟误，她待在印度机场等转机，就在那儿的免税商店看到了象牙象，雕刻的是白象，全身披挂，象背上是轿子，里面坐着两位缠着头巾的贵族（或许是皇帝），象脖子上坐着赶象的人。刻工十分精致，这象当然又进了我的象园。

30年代著名的剧作家《雷雨》和《原野》的作者曹禺，那年受邀到美国，和哥伦比亚大学教授、也是文评家夏志清见面，送给夏志清一头北京出品的玉象。夏志清后来请一位要回台湾的学生带给我，所以，曹禺的象现在是摆在林海音的橱里。

有一天作家兼中学老师郭晋秀兴致勃勃地来到我家，大胖子气喘喘地打开手中的纸包，里面是四只木制彩漆的象，大概是印尼产品。原来她到专栏作家丹扉家去，看见这四只象便抄了来："送给海音去。"我好难为情，便说："你怎么这么不讲理？"她说："她留这干什么！"

书法家董阳孜开书法展，有一幅她写的"大象"二字，别提多潇洒有劲，我便把它请到我家悬于壁上随时欣赏。我发现她那大笔挥毫下，象字的笔画疏散中，竟显出几头小象来，我后来对她说，她看了也很惊喜，因为这都是她不自觉中写出的。阳孜逛街时，看见破树枝自然造型的象，也给我买回来。

郭良蕙是古物搜集和鉴赏家，有一天她给了我一小粒"红豆生南国"的红豆，红豆上是一个小象牙盖子，打开盖子从红豆里倒出一群比芝麻还扁小的白粒："喏，一颗红豆里有三十只象牙象！"我先以为没听明白哪！肉眼看不清，要用放大镜来观赏，可不是，鼻子、眼睛、四条腿、尾巴一概俱全的象。怎么做的嘛？至今不明白。

报道摄影家王信，是最早注意我集象的人，她稀奇古怪地给我弄来了铁片拼的象，长长鼻子套戒指的铜象，不锈钢大耳朵的造型象，等等。

老盖仙夏元瑜也来凑热闹，他本是做动物标本的专家，他看了我的象橱说："可惜我不能把真象标本给你搬来。"但是有一天他却带来了一只象骨骼的玩具象，扭开开关，这架象骨骼就一步步走起路来。又一次他来了，打开包包，举出一只麻绳编的象，笑眯眯地说："这，准保你没有！"

说起亲手编制象，我还得举出几个人，真是难忘他们的诚心、爱心、细心，我要替象感谢她们。

首先我要提的是一群小朋友给我编的象，用粗铁线缠绕上彩色绉纸，然后编绕成一头象，放在桌上拍拍它，颤颤悠悠的，是活动的呢！这是邓佩瑜在"快乐儿童之家"工作时，带领着一班小朋友做的。

在美国的朋友陈正萱，送了我一个一英寸多宽长的小盒子，盒面上是画着挤在一起的一家三口象，打开来，就像盒面的象一样，可是用零点三公分宽不同色纸条一只只卷编成的，多么细致精巧的手工啊。正萱本是又聪明又细心又有多种兴趣的女性，我一向是敬佩她的。

女作家简宛和简洪姊儿俩，看见我的象园，有一天便也送来了一只象，是她们的妈妈用两个高尔夫球，外面用毛线钩编了一上一下连在一起，再钩上长鼻子、耳朵、尾巴、四肢，就成了一只玩具型的球象了。她们说，妈妈在家没事就给她的子孙们每家钩一只，她的子孙多，可也钩不少只哪！

粘碧华，刺绣首饰制作家，早期大都是古典刺绣之作，常由故宫的文物仿制出来，小小细致的手工，小别针或坠子，我得到了一些。有一天她送来了特别为我做的绣象坠子，用紫色的缎子缝了只象，象背是金线盘绣的图案，她说是仿清朝"吉象"图案做的。

马浩和朱宝雍两位陶艺家，特为我设计象形，自捏陶坯自烧制。开展览会时，参观者都问宝雍做的象盒为何没标价，有人要买，宝雍告诉人说：是特别给林阿姨做的，不卖！

有趣的是我曾收到高信疆、柯元馨夫妇送来了两大箱没有象形，却叫象棋的精制品，他们那时请了多位艺术家设计象棋，造型各有其美巧，这一套套的象棋是摆设品，不是为下象棋对弈的。记得他们开展览会时，引来了许多参观者，售价不便宜，却也卖出不少，因为那是艺术品啊！我多么幸运能得到一套。

当朋友们送来了这许多各处收集的象时，我常常会问："到底是谁在收集象？"他们也常常回答我："大家！"是不错，千只象是大家的成绩，我却是始作俑者。

就这样，我的大象集到了千百只，不得不给象盖了五层公寓（玻璃立柜），还是塞得满满的。除了柜橱里的摆设以外，什么象香皂、象毛巾、象餐纸、象拖鞋、象花墩、象坠链、象钥匙、象卡片……多得数不过来的样式。

我说过，象是一种笨重、庞大、无毛、无鳞、无甲、无壳的粗皱皮肤的动物。它的动作只有在某种情况下，举起高高长长的鼻子而已。它不会奔跑、不会跳跃，像这样一种无动作形象的动物，为什么会有那么多各行各业的人，都喜欢拿象制作成各种艺术品、摆设、商标、玩具呢？我认为艺术家或各行业制作者，喜以他们的灵感将象改造变形，就会显得非常可爱突出了。最近我收到的，是舒乙来台湾带给我的，一只高举的象鼻子上是一个毛笔架，他说："准保您没有。"可不是。

认识象

也许有人会问我：你收集了千只象，你对象的认识到底有多少？可以这么说，最先我对象和小朋友们一样，除了那庞大的身躯和长鼻子以外，是一无所知的。记得我在北平做小学生时，年年春假旅行都要到西郊的万牲园去，别的不记得，印象深刻的就是"看象"，园里有摊子卖一卷一卷的干草，买来到铁栏杆前，伸出手等着象来吃草，当它的鼻子凑到我手掌上时，好害怕。等它把一卷草卷进了嘴巴，我像完成了一件大事，好兴奋。年年春假要到万牲园向大象请安问好，成了我小学生时代例行的事。

收集了象以后，也就不由得注意到象的一切，常常在书上图上看到有关象时，都会阅读下去，增加我对象的认识。先说象的肢体：

象鼻子——象鼻子大约是六英尺长、一英尺圆径的多功能器官。它有六万条神经，所以灵得很。象鼻子不是光用来呼吸和闻味道的，它可以说是象的第三只眼睛，又是象头上的手指头。空气冲进鼻管，它就会发出声音。如果大象打个喷嚏，会吓坏了一条狗的。

象用鼻子像我们用手指一样，可以拾起一根针。它可以用鼻子拔瓶塞，也可以把一棵大树连根拔起。它可以从地上嗅探出水源头。

当男女象两相愉悦的时候，它们会用长鼻子彼此摩挲对方的脸部，了解它们彼此的爱的语言。从唾腺渗出液体流在两颊上，然后摇曳着鼻子在前额头互相爱抚。鼻子分开来后又彼此盘绕在一起，打成一个爱情的结。

猎人知道象鼻子有旺盛的斗志，靠它和敌人打斗，如果它的鼻子受了伤，就丧失了斗志，所以猎人每次发枪都是以长长的象鼻子为目标。

象耳朵——象的耳朵是两大扇大听板，它可以听出极细微的声音，比如有一只小老鼠在它的脚下吱吱叫。它一张一开就像眼皮一样，可以扫除脏物，也可以当作扇子，扇着自己的身体，因为象虽然产生在热带，但它却是最怕热的动物！非洲的象，耳朵比其他地方的都大，仔细看来，它也像是非洲地图的形状呢！

象牙——谁都知道，象牙最值钱，猎象的目的只有一个，就是为了得到象牙。乳白色的象牙，质硬光润，所雕刻制成的艺术品，是最高贵的。象牙的价值分成数种，最高贵的叫"血牙"，光泽美丽，是活生生被猎人击毙取得的。其次叫"生牙"，就是老象自然脱落的。再次是"死牙"，是死象的牙，没有光芒，而且色泽晦暗，是象牙中的下品。

野象的牙，也是它们战斗时的武器，但是象牙太长，妨碍鼻子的挥动，所以负责作战的青年象，都是由没有牙的象来担任，长了牙的象，反而在象族中是受保护的。

大家会以为象牙是实质的，错了，它是空心的，只有象牙角那部分是实质的。雕刻镂空的艺术品，实在了不起，实质的象角，就用来雕刻小物件。你看过故宫博物院陈列的各种象牙雕刻、象牙球吗？它们是一层套着一层刻的，无名艺术家的作品，他们费若干年或者一生的时间来雕刻这么一件艺术品，就是为了贡献给皇帝啊！

象走起路来似乎很慢，据说是为了保护它的巨大的脑子。它不乱走，步伐轻盈而庄严，它可以用足趾尖轻轻地走，不会留下足印，而且沿着陡斜的山路行走，它的身体几乎可成垂直形，也一点儿不妨碍它的两吨重的魁梧的身躯。

但是它真要赶起路来，比人类还跑得快，一小时可以赶三四十英里路，从不会因为走得这么快，会在路上走失了自己。

它很爱清洁的，每天都会在尘土中洗澡，摩擦它的像厚垫似的皮肤。它也到水里去泡泡澡。

它和动物中的牛、羊、骆驼一样，是反刍类，食物经过两天半的时间才消化。

象是过群体生活的动物，我们在影片图片上看一大串象走路，不要以为它们是一个家族，不是的，它们是互助生活的群象。有人袭击它们，它们会群体去对付敌人。

象是世界上最巨大的哺乳类动物，从母象怀孕生产来看，也可见得它们的互助精神。母象要临盆了，在树林中许多象围成一圈保护它。附近还有一些哨象在林中来往巡逻，凶悍得很，人类不能接近，闲杂路过的都得改道而行。圆圈中还有一些有经验的"助产士"在产妇身边照顾。这时不但人类、连虎豹也要怕它们三分。可见它们对第二代出生之重视。

小象出生后，立刻就可以随着大队行走，如果这一队象群正在逐水草迁徙的途中。母象则要在产前产后休息两天才随队踏上征途。

爱护象

象是最古老的动物，从冰河时期就有了。象实在是自然界最伟大的绝妙之作。但是这种看起来笨重却是通灵的动物，二十世纪中的遭遇不佳，因为人类的贪婪心，使贵重的象牙被剥夺得日渐稀少，生态环境保护者近年大力呼吁人类说，不要再采集象牙了，为剥取象牙而击毙大象，大象就要绝迹于大自然了。

我们人类因为认识象而爱护象，让它和我们和平互爱共存于这个自然世界中吧！

说　猴

　　有人送给单身汉一只猴，安慰他失恋的痛苦和今后的寂寥。那人告诉单身汉说："它归了你，就不会离开你。"果然，那只小小的猴子紧紧攀在失恋者的胳臂上，眨着猴眼儿，噘着猴嘴儿，吱吱地小声叫着。单身汉忧戚的脸上，展开了失恋后第一次的笑容。

　　进化论说，人是猴变来的，引起了宗教上的争执，不要管它吧，好在那是太老年间的事儿了。但猴代表了聪明，并且有人类的智慧，总是无可否认的，何况它现在又比我们先一步升入太空，又做了我们"进化"一步的先锋呢！

　　台湾农家有养猴的风俗，尤其是家里饲养着猪、鸡等家畜的，更喜欢养一只猴子。据说猴子可以使这家的人口平安，并且家畜不会闹瘟。他们总喜欢把猴子拴在猪槽的旁边，认为这样会使猪更肥大，家庭的财气更兴旺。

　　在台湾捕猴的地方，有恒春的山地和台北附近文山的山地。猴既是聪明且又爱恶作剧的动物，捕捉起来很不容易。不过它终也逃不过它们的"后代"的掌握，这就是进步和落伍的区别。捉捕猴子的方法，大半都是在山里放置特造的木槛，里面放些甘薯，当猴子跑进吃甘薯的时候，旁边藏着的人就把木槛的门关上。听说以前在文山区可以捕到成群的猴子，捕者大规模地预备下几天的食物，让猴子们吃个痛快，然后束手就擒。捕猴者还有个习惯，就是从捕到的猴子里面释放出公猴和母猴各一头，也无非是让它们继续繁殖的意思。不过现在台湾的猴子已经渐渐减少，人口却渐渐增加。当然，我的意思并不是说，这些年里台湾的猴子，有许多变成了人，报了户口；我是说，人多了，对于猴子的危害加大，说不定它们越要躲入深山密林了。

曾看过一本《生活》画报，刊载着关于印度猴子的图画和描写。印度的猴子的繁殖，可说是到了可怕的现象，猴子和印度人几乎是共同生活了，而且常常有伤害人的事情发生。印度人对猴子和牛两种动物是禁止屠杀的。不但如此，它们还敬猴为神。印度有一段神话传说：

古代的印度有一个"猴酋长"，名字叫做哈奴曼，它有一次领着它的部下救过一位美丽的公主，于是印度人为它盖了一座庙纪念它。庙里有一句题词说：

"哈奴曼是智者里面最聪明的。"

印度人还把哈奴曼印成五彩的半猴半人肖像，有许多人家都挂着这种猴像。猴子在印度已经达到横行无忌的状态，它们不但在大街上与人类同处，同时还随意地跟人们开玩笑。有一次，在一列火车上，猴子们爬了上去，把卧车上旅客的床单拖到月台上乱跑，又有一只猴子把牙膏挤在睡着了的旅客的脸上、衣服上，弄得一塌糊涂。

有时候，猴子在某个地方繁殖得太多了，印度人也只是把它们捉起来，用大卡车运到较远的深山或森林里放生。印度的粮食部长也曾警告人们说，印度已经因为猴子而发生粮荒，因为它们把印度人还吃不饱的粮食又分吃了许多。但是印度人不敢从日常生活里把猴子排斥出去，只好听任它们与人争利，甚至也没有希望和它们订立共存的条约，因为这两种同一祖先的动物，现在已经不能共同使用一种语言了。

猴子在中国，也曾给我们的文学增添了一番热闹，一部《西游记》，如果没有那位智者中最聪明的"文学的猴子"，岂不是寂寞许多！

生之趣

朋友们说我越过越糊涂了,客人来了挤在廊下谈天,那间身兼三用的客厅却让给孩子们捉迷藏。这且不谈,如今又把沙发腾给母鸡下蛋做产房;到夜来,野猫在厨房里打得天翻地覆;老鼠、蟑螂来去自如。一个家,弄得这样主客不分,人畜杂居,还成何体统?

原来今春在来杭鸡行市一落千丈的当儿,一位养鸡朋友专程送来一对鸡夫妇,请我们收养。偏偏我和他对于伺候这种站着睡觉、散步拉屎的玩意儿,实在兴趣索然,朋友见他面有难色,连忙指着我说:

"太太写文章,身边琐事离不开鸡零狗碎,养两只鸡,可以助长思路。"朋友又安慰我说:

"来杭鸡六个月就下蛋,现在已经三个月大了。"

勉为其难,看在末句话的面子上,我收下了。另外一位好心的朋友又送了我一只合乎科学的鸡笼,但是这一对没落的夫妻却偏偏爱飞上晒衣竹竿,餐风饮露,站立睡眠,早晨起来,台阶上是一堆堆鸡屎。我一切都忍受，还不是为了"六个月下蛋"的好日子的来临！可是七个月、八个月、九个月都过去了，它还是交不出卷来。我心想，就是人类的妇女，九月怀胎也该瓜熟蒂落了呀！

不过我们的鸡太太是"不安于室"的，早晨大门一开，它跟在孩子们一窝蜂之后，也溜出去了，我便不得不多一分的仔细，如果是蛋落邻家，我再落个空忙一场，岂不更冤？不过经过隔壁阿婆在鸡屁股上仔细"测量"，断定是"尚非其时"，紧跟着一句是"快了"。

我又耐心等候多日，消息杳然。某次鸡太太在榻榻米散步之间又拉屎一摊，我在忍无可忍之下，便对妹妹说："它既不下蛋，赶明儿你生日到了，杀了请你！"我说这话的时候，鸡太太正侧着头，闪着鸡眼在看我，仿佛它听懂了似的。第二天一早，它便跳上跳下，左寻右找，终于跳上了沙发，在众目睽睽之下，产下了天字第一号的处女蛋！我们举家欢呼，我的三只"丑小鸭"更是争着要吃那个热烘烘的生鸡蛋，但是隔壁的阿婆却连忙摆手说吃不得。留着明天放在原处，否则它便找不到下蛋的地方了。我谨遵指导，从此鸡太太在沙发上生产便成了"习惯法"。我们一家人都知道，坐在沙发上，如果看见鸡太太摇摇摆摆走过来时，应该有连忙让位的礼貌。

某一个星期日的早上，我们鸡太太又要临褥，我刚把沙发腾出来，这时却来了一位朋友邀我出去。他一屁股坐在鸡太太的"产床"上，便摆开了龙门阵。那鸡太太在沙发旁急得直打转儿。我那小女儿忍不住推了我一下，低声说："妈，鸡要下蛋。"我瞪了她一眼。妈妈也逼我，她用来客认为比外国话还难懂的闽南话对我说道："你还不请他走吗？鸡要下蛋了！"我在母女的攻势下，只好打断客人谈话的兴头，找个理由约他出去。在我穿鞋的时候，回头看看，鸡太太已经上了"产床"，家人都向我做会心的微笑。

要说猫，就想起老鼠。我们的天花板上，在最热闹的时候，好像万马奔腾，通宵不停。就是这样，我还没有养一只猫的念头。我以为猫捉了老鼠，一样还要偷鱼吃，倒不如弃猫留鼠，因为老鼠除了赛跑以外，和我们的生活各不相扰，倒也相安无事。它们住在"更上一层楼"；另从墙上打洞出入；吃饭时间在半夜里，并不像馋猫，在你切肉的时候，把鱼叼了跑。

虽然如此，我这里仍收留了一只不捉老鼠的母猫，它是我们前任屋主人所养的，到了相当时期便要回到这儿来和它的一群老情人"旧梦重温"。于是这位猫夫人便在踢它不走、打它不动的情形下，腻在这儿了。某日，我打开壁橱门一看，它竟卧在我那绝无仅有的一件新制秋装上，正用舌头舐它那三只新生儿。我气急败坏，简直要光火，却见它软弱地抬起头来，向我"喵"地一叫，这一声便打动了我无限母爱，"幼吾幼以及人之幼"，我心一软，只好叫要去菜场的妈妈多带一条鱼来，给它补补。

如今鸡太太下蛋如恒，猫夫人又一产三子，这里因为"生"气勃勃而皆大欢喜。身为主妇的我，也不免因为心情愉快，照习惯又要摊开稿纸，写我酸溜溜的"身边琐事"了！

相思仔

有人以为台湾的相思树就是"红豆生南国，春来发几枝。愿君多采撷，此物最相思"所说的相思树，实在不是的。它是属于常绿乔木，虽然也结豆，却不是红豆，而是长长的豆荚。

相思树在台湾人的生活里，价值很高，它不但可以烧成木炭，同时因为木质坚固的缘故，也是造船的优良木材之一。相思树的风姿，是画家笔下的对象之一。它的姿态柔媚，细长的对生叶，开着黄色的小花，在台湾到处都可以看见——山林，道旁。不过有一个原则，它要在干燥的地方生长，水分多时，它的叶子会脱落。

相思树之所以名相思，在民间传说也有着一段缠绵的故事：

在很早很早的时候，有一对相亲相爱的夫妻，美丽的妻子忽然被一个凶暴的君王看中了，想要占为己有，于是这对夫妻双双自尽。但是这位君王妒忌心不减，把这对夫妇葬在河的两岸，让他们在阴间的魂都不得在一起。谁知后来在河的两岸竟各生了一棵树，树的枝叶从两岸相向生长，到后来竟枝叶相连，这树就是相思树。

梁启超当年游台时，著有《台湾竹枝词》，曾咏相思树云：

相思树底说相思，思郎恨郎郎不知。

树头结得相思子，可是郎行思妾时？

今天，相思树却成了主妇的良伴。不久以前，本省为了禁止伐林，同时几种台湾产燃料都因为失去外销而在本省找出路，于是报上竞相刊登广告，"老王卖瓜，自卖自夸"。卖酒精的说，酒精合乎卫生条件，卖熟炭的说，熟炭合乎经济条件……在争取主妇之下，主妇的眼睛却是雪亮的。就拿我个人来说，我是一个很守法的主妇，受了政府的鼓励后，我试着用木炭以外的燃料，但是我用遍了各式各样的燃料，包括有生命危险的酒精、令人昏迷的炭丸、灰尘四起的熟炭之后，我才感觉到："用遍台湾煤，首推相思炭！"

很多主妇不能分别相思炭和其他木炭的不同来，相思炭的优点是因为它耐烧、不爆、火力大，它是沉甸甸的，劈的时候不容易碎，相打起来锵然有金属声；同时从横切面可以看出花瓣般的纹状来。

台湾人管相思炭叫"相思仔"，有亲爱之意也。

童年和童心

有一个小女孩，在母亲给她洗澡的时候，问了许多问题，都是有关身体各部分的用处。母亲都毫无困难地一一答复了。最后小女孩指着自己的肚脐眼问说："还有这个，是做什么用的？"

年轻的母亲难住了，但经过一小阵思索，她终于微笑着回答说：

"从前上帝造人的时候，把许多人体都捏好了，一排排地站在那里。可是那些人不知道自己已经被做好，还呆站在那里不动弹。上帝没办法，就一个挨一个地，用手指头在他们的肚子上戳一下说：'一个做好了，去吧！一个做好了，去吧！'所以，我们人人都有一个肚脐眼啦！"

小女孩听了这个答复，一定会满意得咯咯咯地笑起来。我听了也很满意，所以谨记在心。每逢想起来，脑子里总会浮现一幅图，一位年轻聪明的母亲在给一个调皮可爱的小女孩洗澡，亲切而活泼。

事实上，成人和小孩间的对话，常常是很有趣的，有时成人竟也会从跟小孩子谈话中，悟出一些人生的道理来。记住，和小孩子谈话，不要太严肃了，不要在小孩子的每一动作、每一句话，都施以教训，也不要在听出小孩子出口不妙时，便赶快制止，说："小孩子胡说！"那样子你就找不到真正幽默的人生了。

旧时习俗，农历年元旦到灯节这半个月的时间，是中国家庭的伦理教育的最放任时期。老少主仆，公开地赌博，不受家长禁止；小孩子说了调皮的话，也不被吓阻，且在墙上贴了"童言无忌"的红纸，以示不咎；又以"岁岁平安"来谐音"碎碎平安"，作为家人在过年时打破东西不祥的谅宥。

记得多年前有一个暑假，邻家的小女孩们每天都聚集在我家小木屋游戏。有一个能说会道的小女孩，不知怎么传起教来了，而且不知从哪儿学来一套专对小朋友传教的方法，她比手画脚地这样说过不止一次了：

"天堂那里好好、好好啊！马路、楼房，全是用巧克力糖做成的……"

你可以想着馋嘴好吃糖的小姑娘们，脑子里是怎样想象那天堂之路了。大家嘻嘻哈哈地嚷着说，她们恨不得马上就到天堂去。独有一个最小最小的小莉，她一点表情也没有，偎依在妈妈的身边。小莉妈妈推了她一把，说：

"小莉，你也要去天堂吗？"

"才不要!"小莉坚决地撇撇嘴说,"姊姊她们跑得快,我追不上。她们会把巧克力糖先吃完的,我又不认识路回来!"她又紧紧地搂着妈妈的腿说:"我要跟妈妈在一起。"妈妈听了也把小莉搂得更紧。

小莉只有五岁,虽然是个小孩子,但也时常有女性睿智这一面的表现,比如说吧,有一次她跟妈妈到姨妈家去,那里有一个七岁的表哥阿文。小莉看见阿文正在吃糖,她明明知道,可是偏要问:

"文哥,你吃什么!"

"糖球。"文哥说完净管自顾自地继续吃他的糖,也不知道让给可爱的表妹吃。

"好吃吗?"小莉又问。

"当然好吃!"答应得多干脆!

待了半晌,小莉实在忍不住了,因为文哥把糖球一颗颗送进嘴里,嚼得嘎嘣嘎嘣响,眼看就要吃光了。

"给我一颗好吗?"

"不!"

"真的?"

"当然!"

"好,"小莉把头一斜,"那——我可不跟你结婚了!哼!"说完把小嘴巴一鼓。

想不到这一招最有效,文哥把手中黏巴达的一把糖球都送给了小莉。

文哥虽然粗鲁，却也粗中有细，有一次，他看见小莉表妹在玩拍皮球：

"小莉，皮球借我拍一会儿。"

"不！"小莉连头都不抬。

"马马虎虎啦！借我玩十分钟就还你。"

"不嘛！"

"好！小莉，你小心，小心我娶你做妻子！"

小莉一听，登时吓得双手把皮球捧给文哥了！

文哥的爸爸闹香港脚，脚上一片片的疱疱，又痒又疼，闹了许久才好。

不久文哥的脸上忽然也起了同样的疱疱，文哥痒得忍不住用手去抓，妈妈说：

"好孩子，脏手不要去抓，过些日子就好了，跟你爸爸上回闹香港脚一样的毛病。"

小莉表妹来了，文哥长了一脸疱疱很不好意思，又难看，他很丧气的样子对小莉说：

"你看，我真倒霉，也不知道怎么啦，起了满脸的香港脚！"

妈妈每次上街回来，手中总是大包小包，文哥是绝不肯放松的。

妈妈有时说："这包不是糖，是妈妈烧菜用的虾米。"

"虾米我尝尝！"文哥会这么说，妈妈没办法，打开包包，拿一个虾米塞进他嘴里。

后来妈妈改变方针了，她说："包里是爸爸的香烟。"或者："包里是蓝墨水。"妈妈说完就把包包往橱里一放，文哥一点办法也没有。

有一次妈妈又提了包包回来，文哥好开心地问："妈妈又买了什么好吃的？"

妈妈若无其事地说："这包里的东西不是吃的，是看的。"

文哥眼珠一转，计上心来。"妈，"他拿定主意地说，"我要吃'看的'！"

"双十节"外婆接小莉到台中住两天，临走时，小莉对妈妈说："我到台中会给你们写信来。"小莉这时不过刚念小学一年级。

果然，过了一天爸爸接到台中的来信，打开来一看却愣住了，他把信纸递给妈妈说：

"你认得吗？你比我小几岁，也许学过这玩意儿。"

妈妈接过来一看也愣住了，她皱起眉头说："阿拉亦看勿懂哉！"

他们好不容易等到住在隔壁的文哥放学回来，拿给他看。文哥毫不费力地一边看一边念给他们听，原来这是一封用注音符号写的平安家信。

小莉的爸妈后来最喜欢把这件事讲给亲友们听，说他们的女儿如何在一年级上学不久就会写一种他们看不懂的文字，只有她的表哥才懂，言下非常得意!

以上各节都是一九五三年间的记录，是过去三十七个年头的事儿了。后来文哥和小莉这一对青梅竹马的表兄妹，终于携手走进结婚的礼堂，现在已经是一双儿女的父母了。

豆腐一声天下白

卖豆腐的声音仍像二十年前一样，天刚亮就把我从熟睡中喊醒。我猛地从床上起来，跑到临街的窗前，拉开窗帘向外张望。

"要买豆腐吗？"床上正在看早报的人说。

"不是。"我摇摇头，"我是要看看她到底长什么样儿。"

二十年来，许多声音从这一排临街的窗子透进来。睡在榻榻米上的日子里，偶然有车子从窗前的巷子经过，那声音就好像车子从你头上轧过去一样。卖豆腐的妇人是最早的一个，她应当是和我家墙头上的牵牛花一样，都是早起的，但是她没有牵牛花清闲。牵牛花拿紫色迎接太阳，她是灰色的——别误会，我不是说她的人生是灰色的，只是她的衣服罢了。一个勤勉的妇人，为了一块钱一块钱的豆腐，把那种悠扬的调子一声声传到你的耳根："卖豆腐啊！油车糕豆干！"晨起的第一声，听了二十年了，你没有照顾过她一次，临去之晨，总要和她相识一下吧！

这排窗，我管它叫"感情的窗"。今早我从窗里看出去，不只是卖豆腐的妇人，也有收酒干的，也有卖粽子的。算卦的瞎子也过来了，仍是手扶在儿子的肩头上。儿子长得很高了，穿着西装，梳着齐耳根的长发，脚下是一双高跟的男皮鞋。谢雷的打扮嘛！可惜他的爸爸看不见，他的妈妈虽然不是瞎子，但也早已弃此人生，弃这一家而走，更看不见了。那个哥哥或者弟弟呢？他在哪儿？怎么没跟来？

　　曾经有过全家人拥着这位户长出来算卦的一段日子。那时，瞎子还是瞎子，穿着一身极破旧的裤褂，太太很年轻，却未曾有过花开的美日子。她的衣服更破旧，不必为"悦己者容"吧，头发是蓬乱的，脸上因为串大街小巷串得油亮的，很瘦弱的样子。这样的她，我却眼见她生了两个儿子。他们全家人出来的时期，该是他们最美好的日子吧！算卦的丈夫，像女人那样背驮着小儿子，大儿子坐在竹车里玩耍，妈妈一手推着小竹车，一手携扶着背了小儿子的瞎丈夫。她不美，小嘴瘪瘪的，更造成了她的早老的样子。但是她的脸的表情总是和蔼的，这样的日子，看见这样的脸色，你不是同情她，而是敬重她了。对面阿森的妈妈最信服这个算卦的，常常把他们请到门前的石碾子上坐下来，然后开始算卦。不知道他是怎么掐、怎么算的，但见阿森的妈妈，很认真地听着，叫阿森给瞎子倒茶水。这一卦的价值，有时是几碗米，有时是几张小钞票。

　　孩子们年年长大，瘦弱的妈妈不必跟着携扶了，这职务由儿子来担承。五六岁就跟着爸爸出来了，不，是爸爸跟着儿子了。瞎爸爸一手扶在儿子肩头上，儿子则是一手拿着弹弓橡皮筋什么的在放射。但是他从不离开爸爸一步，你看，他从五六岁、七八岁，到九岁、十岁，到今天，像谢雷那样的打扮了，有十六七岁了吧！虽然摆的是青春少年的架势，但仍不离开爸爸一步。妈妈几时死去的？好几年前就听说死了。这妇人的一生快乐吗？很不甘心地死去吧？一定还舍不得离开瞎了的丈夫、幼小的儿子。

收买酒干、报纸的，近日成群地过来，搬家的人很多的缘故，但是我总不能忘记最诚实可靠的那个。

许多年来，都是把家里的旧报纸和瓶瓶罐罐的卖给缺了门牙的那个。他每次来，都是很诚恳地用他的秤一边称着一边说：

"我的秤头是没有错的，做生意就要老实，一点儿都不能乱来。"

我很高兴，我说：

"是的，旧报纸不是值钱的东西，我也不是在乎那一毛两毛的，但是，如果不诚实的秤，真让人生气，我最厌恶不诚实。"

生意做得很顺利，个把月，他来一趟。他喊的声音是深沉的、老练的、稳重的。我家的报纸和旧杂志太多太多了，十几种报纸和三十几种杂志。每次他来，都说："我的秤头没有错……报纸有很多剪了的，也没关系……"

我也有些歉意，蝇头小利，是多么不容易，我说："剪了的，就不要算秤，扔在一边好了。但是我的杂志是崭新的。你看，你看，你称斤买了去，到旧书摊就是起码一块一本呢！"

忽然有一年，阿绸心血来潮，把报纸称了称。我家没有秤，她是怎么去称的，我也不清楚。然后，诚实的人来了，他又说："我的秤头没有错……"阿绸从身后拿出了另一杆秤，揭发了他十年来的不诚实。好可怕的一刹那！最小的事情，最少的利润，变成了最大的骗局。这样的局面，比面对一个抢劫的强盗还令人尴尬吧！那时的心情，感觉到的是受了侮辱，而不是欺骗。

此后，很多日子，那个深沉、老练、稳重的声音，不再从早晨的窗子透过来。我偶然老远地在巷头看见他了，他就绕道而行。一个月一个月地过去了，报纸和杂志堆得把那块地板都压凹下去了。没有勇气再叫另外收买报纸的，觉得彼此诚实是一件困难的事，又觉得一向信任的事突然扭转成这个样子，不知道该怎么处理了。我和阿绸很想把这件事忘记，我们很希望他再敲一敲我们那扇友情之门，如果他再说一次："我这回秤头没有错。"我们一定会相信他，一定会说："快拿去称吧，堆得太久了。"但是他自那以后并没有再出现。

日落百老汇

纽约有一条世界闻名的百老汇路,这条路贯通了整个曼哈顿岛,岛上按号码排的横街有二百多条,直的大马路也有十几条。百老汇路斜斜地自岛的这头通到那头,几乎和每条街、每条马路都能相遇。这条路的出名,是因为音乐影剧院就有一百多家,许多著名的音乐影剧都是在这里做世界的首演。

我在纽约就住在百老汇路上的纽顿旅馆,这是一家住家旅馆,位于百老汇路的第九十三、九十四两街的中间,不远的九十六街就有一个地下铁道的出入口,是快车的车站,搭车很方便。这也是黄媛珊女士邀我在纽约期间与她同住的理由。她在这个旅馆租了一个套房,开了两班烹饪班,交通便利的地方,才可以招来较多的学生。

我住在客厅里,有一张沙发两用床。这是临街的七层楼上,虽是闹市,并无喧声,除了夜半或清晨偶有消防或救急车通过时,那自远而近的尖锐的警笛声,使我这因肥胖而越来越经不起惊吓的心脏难过以外,这里真是一个便利的地方。我早晨醒来,总是先拉开百叶窗，把玻璃窗推上去，探头到窗外。没有什么目的，不过望着街心发发呆，用我的胳臂和脸探一探今天的温度。我初到纽约是五月上旬，虽是春季的尾声了，但时时冷热不均，人们都习惯在有空气调节器的室内听收音机的天气预报，作为出门穿着的依据。

百老汇路很宽大，中间有一条种植着花草的安全岛，把马路分成左右。安全岛上设有露椅，好天气时，坐满了看街景的老头儿老太太。想想看，一条百老汇路有多长？安全岛上的露椅有多少？每天来这里闲坐的老人有多少？

纽约的地下铁道又长又方便，它的伸长系统安排得很完善，一毛五分钱走下去，随你换车搭乘到多么远的地方。但是，我在时间充裕的情形下，总还是喜欢乘公共汽车，因为地下铁道又闷又脏又挤，常令我有窒息的感觉。而公共汽车是每条街都停一停，慢腾腾的，非常的"老爷"。乘公共汽车的常有体态臃肿、举步蹒跚的老太太们，她们没有本事，也没有必要去挤地下车。她们的有生之年所余不多，但是却更觉得无法遣送。我最初不明白她们上上下下公车是到哪去，后来才知道，她们是从独居的家里出来，到这条热闹而又有地方坐的百老汇路来打发日子。

美国的家庭生活，我们早已知道，是两代的家庭，只有父母和未成年的子女。老一代的祖父母有他们自己的天地，所以虽有儿孙，并不绕膝。两老如果都活着，还可以彼此携扶，如果是剩了鳏夫或寡妇，形单影只，住在公寓里，如果不出去，可能一整天都没机会说一句话。就是出去了，又跟谁谈呢？所以只好搭了车子到百老汇路来坐上老半天，看看街景，晒晒太阳，和邻座的老同志谈谈。

我每次从居处出来，到马路对面去搭104号的公共汽车时，总要经过安全岛的一排露椅，在等车的时候，还可以望着他们。黄昏归来，又见他们拖着臃肿的身子，迈着蹒跚的步子，自露椅上离去。第二天，他们又来了，又走了，生命从黄昏的百老汇路上一天天地减去。我是东方人，多愁善感，让我像美国人那样对他们的老人视若无睹，是不可能的。我每次看见他们，总使我想得很多。我首先想到的就是，这条百老汇路的名字是我们中国哪位高明的人士给翻译的？这位先生当年翻译它的时候，不过谐原文的声音，没想到在意义上，这条"百老汇集之路"却正是名副其实。

当然，美国并不是只有这条老人聚会的马路，我在大大小小的城市都可以看到像百老汇路的情景。我记得旅行到科罗拉多州的丹佛城时，有一天下午，我在华氏九十多度的炎热下，自印第安历史博物馆出来，因为距离所居旅社不远，就沿着街旁的树荫向回走。人行道的这边因为有树荫，所以摆了一排排的露椅，椅上坐的几乎全是老人。有一位老太太还在做着刺绣，足见视力还没有背弃她。我把脚步放慢了走过去，觉得这一幕情景给了我很深的印象。

我又发现，许多咖啡店和自助餐厅中有许多身体较健康的老太太在吃东西，她们也是独来独往，大盘的冰淇淋、奶油点心，双份地叫着吃。我就想，年轻时候，她们也一定都是节食的，现在不怕身体肥胖，放心地吃，也许吃是解决寂寞的方法之一。反正老了，做了寡妇了，既无需为悦己者容，为什么不享享口福呢？但是，这些老太太还是较年轻、肠胃较好的，到了对于吃都没有能力或兴趣的年纪，就只好坐在街边看风景了。

七月下旬，在新奥尔良访问该地的States-Item报时，该报的妇女记者柔丝·关恩太太问到我对美国妇女、家庭、生活观感时，我曾把我对美国老人在街头露椅生活，和我们东方家庭对老人的照顾，做一比较。她听了对我说："我们对老人的照顾很周到啊，养老制度、退休制度、社会福利、医药健康，统统都有特别为老人的。"

"但是，在我这东方人看来，似乎缺少了些什么。"

"是什么呢？"

"No heart。"我说。

她想想笑了，似乎也表示同意。第二天的报上，关恩太太登出了一篇访问我的专栏，大字的标题是：All Care，No Heart for U.S.Aged，Finds Visitor。

美国这个年轻活泼的国家是不太喜欢承认他们"老了"的，所以我记得关恩太太也还提了这么一句："他们不老啊，他们很健康地生活着呢。"

但是即使不服老，他们也是不能开车了，不能挤地下车了，不能工作了，因此才退休下来。不过，他们为退休老人所安排的福利制度，确实是做到使他们生活无忧的地步。每月有足够的养老金可拿，寡妇又可从死去的丈夫那里得到赡养费。虽然独居公寓，但是美国家庭设备是很方便的。不过即使是这样，他们还是愿意花钱到外面去吃，这是因为自己做着吃不但麻烦，而且更感到寂寞。

美国老人对于工业社会的这种生活安排并无怨言，只是精神上的寂寞寡欢恐怕难免，这从他们的行动上可以看出来。东方是不是会有一天也"进步"到西方这样呢？我在看了美国老人的生活后，不由得要这样问自己。